초능력 어벤져스 ②

초능력 어벤저스 2

부연정 글
고형주 그림

이지북
EZbook

차례

1. 필통 도난 사건
9

**2. 창문이 열렸던
체육 시간**
27

3. 세 명의 용의자
47

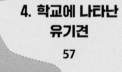
**4. 학교에 나타난
유기견**
57

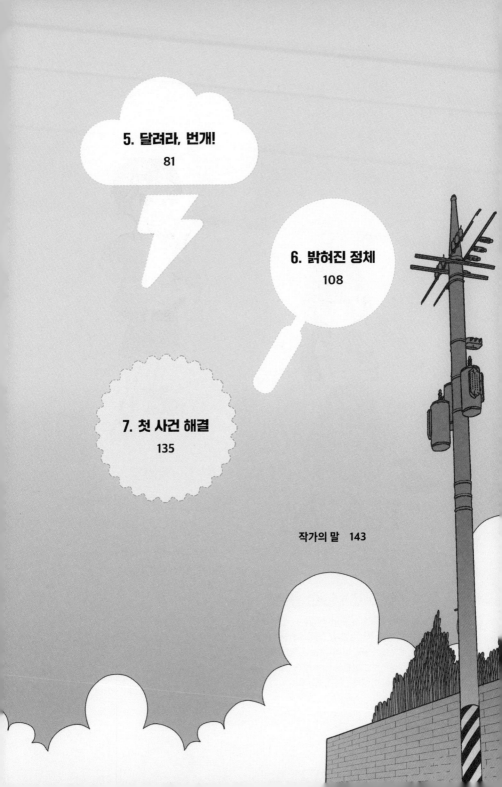

5. 달려라, 번개!
81

6. 밝혀진 정체
108

7. 첫 사건 해결
135

작가의 말 143

지건우

엄청나게 빠르게 달릴 수 있는 초능력자

초능력을 사용해서 일정 거리를 빠른 속도로
달릴 수 있다. 생각보다 몸이 먼저 움직이는
성격이다. 선생님께 야단맞기 일쑤이지만
친구들을 생각하는 정의감만큼은 일등이다.

오채아

동물과 이야기할 수 있는 초능력자

하루에 세 번 동물과 이야기할 수 있었으나
네 번까지 가능해졌다. 건우, 도윤과 함께
정식으로 초능력 어벤저스를 탄생시켰다.
영리하고 결단력 있는 성격으로
초능력 어벤저스를 이끄는 리더이다.

유기견

학교 안을 돌아다니는 하얀 진돗개

어느 날 나타난 유기견 한 마리.
너 정체가 뭐야?

이도윤

딱 일 분 후의 미래를 보는 초능력자

무작위로 발휘되는 능력으로 일 분 후의 미래를 보는 능력을
지녔다. 친구가 적은 덕분에 초능력 어벤저스의 정체를
들키지 않고 사건을 접수할 수 있다. 건우와 절친이다.
채아와는 사건을 해결하며 점차 친해지는 중이다.

1. 필통 도난 사건

띠링.

새로운 메시지가 도착했다는 알림 소리에 셋의 눈길이 도윤의 스마트폰에 꽂혔다. 성격 급한 건우가 가장 먼저 자리를 박차고 일어났다.

"드디어 왔다!"

우리는 누가 먼저랄 것도 없이 고개를 쭉 뺐다. 그러다 문자 메시지의 첫 문장을 보고는 어깨를 축 늘어뜨렸다.

대출 한도를 안내해 드립니다.

"에이, 광고 문자잖아."

건우가 김이 팍 샌 표정으로 투덜거렸다.

나도 아쉽기는 했지만 건우처럼 티 내지는 않았다. 그
리고 제법 의젓하게 말했다.

"얼마 전에 억울하거나 화나는 일을 당했을 때 도와
주는 초능력 어벤저스가 탄생했다는 글을 학교 게시판
에 올렸는데, 벌써 연락이 올 리가 없지."

"도윤아, 너 반 애들한테 메시지 싹 돌렸어?"

"응."

도윤이 흘러내린 안경을 밀어 올리며 고개를 끄덕였다. 건우는 기다리기가 지루한지 다리를 달달 떨기 시작했다.

"그런데 왜 아직도 연락이 안 와? 도움이 필요한 애들이 없나? 세상이 평화로운 걸까?"

"아직 게시판의 글을 확인하지 않은 애들이 많을 거야. 문자 메시지를 받은 애들도 어쩌면 광고라고 생각할지도 몰라."

내 말에 건우가 입술을 삐죽였다.

"빨리 연락이 와야 우리가 활약할 수 있잖아. 초능력 어벤저스가 탄생한 지 벌써 보름이나 지났는데, 아무 활약도 못 하다니!"

그런데 그 순간이었다.

띠링.

또다시 알람이 울렸다. 세 쌍의 눈동자가 재차 스마트폰으로 향했다. 도윤이 마른침을 꿀꺽 삼키고는 메시지를 확인했다.

"와, 왔다!"

"뭐, 진짜야?"

"어디 봐."

건우와 내가 도윤의 스마트폰을 빼앗다시피 했다. 나도 말은 그렇게 했지만 사실은 은근히 기대하고 있었다. 초능력 어벤저스의 공식적인 첫 번째 사건이니까.

건우가 소리 내어 메시지를 읽었다.

"'수학 수행 평가가 어려워. 대신해 줘.' 이게 뭐야?"

"수행 평가는 스스로 해야지. 다른 사람에게 수행 평가를 해 달라고 부탁하다니, 비양심적이야!"

내 핀잔에 건우가 "맞아!" 하며 동의했다. 도윤이 두 눈을 똥그랗게 뜨고 우리를 쳐다보았다. 나와 건우는 좀처럼 의견이 일치하는 경우가 없었기 때문이다.

"그보다 내 수행 평가도 하기 싫은데, 남의 수행 평가를 어떻게 해 주냐는 말이야! 나도 차라리 자고 일어나면 숙제가 되어 있는 초능력을 갖고 싶다고!"

"그런 뜻이 아니잖아!"

"그럼 무슨 뜻인데!"

티격태격하는 우리를 보며 도윤이 익숙한 듯 한숨을

내쉬고는 두 팔을 벌려 나와 건우를 떼어 놓았다.

"그런 건 도와줄 수 없다고 답장할게."

"에이, 글을 올리자마자 도움 요청이 쏟아질 줄 알았는데."

건우가 깍지 낀 두 손을 뒤통수에 가져다 대며 아쉬운 표정을 지었다. 그러다 두 눈을 게슴츠레하게 뜨고 나를 노려보았다. 나도 지지 않으려고 두 눈을 부릅떴다.

건우가 먼저 입을 열었다.

"너, 훈련은 제대로 하고 있어?"

"물론이지. 그러는 너는?"

건우가 가슴을 쑥 내밀며 뻐기듯 대답했다.

"나 이제는 쉬지 않고 120미터를 달릴 수 있어. 예전보다 20미터나 늘었다는 뜻이지."

나도 턱을 좀 더 내밀며 잘난 체하듯 말했다.

"나는 이제 동물들과 하루에 네 번이나 대화할 수 있어. 좀 더 훈련하면 다섯 번도 가능할 거야."

"흥!"

"흥!"

건우와 내가 반대 방향으로 고개를 돌리며 콧방귀를

뀄었다. 도윤이 시무룩한 표정으로 중얼거렸다.

"미, 미안해. 나도 열심히 훈련했는데, 내 능력은 아직 처음 그대로야……."

"괜찮아. 앞으로 더 열심히 연습하면 되지."

"그래, 넌 지금도 대단해. 네가 열심히 훈련하는 건 우리도 알고 있어."

건우와 내가 서둘러 도윤을 달랬다. 그때 또다시 '띠링' 하는 소리가 들렸다. 우리는 싸우던 것을 멈추고 스마트폰으로 달려들었다. 띵띵 연달아 두 번 더 알림이 울렸다. 왠지 조짐이 좋았다. 어쩌면 의뢰가 쏟아지는지도 몰랐다.

건우와 내가 번갈아 가며 메시지를 읽었다.

"강아지를 좋아해? 고양이를 좋아해? 나는 고양이를 더 좋아해.' 이게 뭐야?"

"광고 문자 보내지 마세요! 경찰에 신고할 거예요!'"

"너희 몇 학년 몇 반이야? 나 6학년이다. 이런 장난 치지 마라.' 장난이라니, 누가 장난한다는 거야? 그보다 나도 6학년이거든?"

건우가 잔뜩 골난 표정으로 으르렁거렸다. 도윤이 콧

잔등을 찌푸리며 눈을 아래로 내리깔았다.

"이러다 사건 의뢰가 하나도 안 들어오면 어쩌지?"

실망스러운 건 나도 마찬가지였다. 하지만 그보다 중요한 건 학원에 갈 시간이 되었다는 것이다.

"좀 더 기다려 보자. 오늘은 나 먼저 갈게. 내일 보자, 안녕."

"잘 가. 내일 봐, 채아야."

도윤이 쑥스러운 표정으로 작게 손을 팔랑거렸다. 소심한 도윤에게 인사받는 날이 오다니. 역시 인생은 오래 살고 볼 일이다.

"안녕."

건우의 퉁명스러운 인사를 마지막으로 등을 돌렸다. 나는 실망감을 감추려 일부러 더 씩씩하게 걸음을 내디뎠다. 내일은 초능력 어벤저스가 활약할 의뢰가 도착하길 바라며.

오늘은 아침 일찍 눈이 번쩍 떠졌다. 엄마는 스스로 일어난 나를 보며 "해가 서쪽에서 떴나?"라고 했지만 오늘 아침 해는 동쪽에서 떴다. 내 눈으로 직접 봤으니

확실하다.

 씻고 옷을 갈아입은 후, 아침까지 든든하게 챙겨 먹고 가방을 메고 집을 나섰다. 오늘은 왠지 좋은 일이 생길 것 같았다.

 "학교 다녀오겠습니다!"

 "차 조심해."

 "네!"

 아침마다 똑같이 반복되는 인사를 뒤로하고 대문을 나섰다. 이 시간이면 뭉치가 항상 나를 기다리고 있다. 아니나 다를까 옆집 울타리 사이로 삐죽 튀어나온 황금색 털 뭉치가 보였다.

 "뭉치야!"

 "학교 가?"

 나는 잠시 생각에 잠긴 얼굴로 하늘을 올려다보았다.

 '뭐, 어차피 오늘은 초능력을 쓸 계획도 없으니까 괜찮겠지.'

 그제야 나는 편안하게 고개를 끄덕였다.

 "넌 산책 다녀왔어?"

 "영역 표시도 확실하게 하고 왔지!"

의기양양한 뭉치의 말에 나는 어깨를 움츠리며 킥킥 작은 소리로 웃었다. 뭉치의 꼬리가 헬리콥터의 프로펠러처럼 아주 빠르게 원을 그렸다. 이러다 곧 하늘을 날 수도 있을 것 같았다.

"그럼 나도 학교 갔다 올게."

"전처럼 건우랑 도윤이랑 공놀이하고 싶어!"

"언제 시간 되는지 물어볼게."

"꼭 같이 놀 수 있으면 좋겠다."

"아마 그럴 수 있을 거야. 건우는 좋다고 방방 뛰어올 걸?"

"컹컹!"

"아."

뭉치와의 대화가 끝났다. 나는 가만히 서서 뭉치와 주고받았던 이야기를 떠올렸다. 그리고 아쉬운 표정을 짓는 대신 환하게 웃었다.

"와, 오늘도 네 번이나 대화했네. 건우한테 자랑해야지. 그럼 갔다 올게, 뭉치야. 안녕!"

뭉치를 향해 손을 흔들고 학교로 향했다.

"컹컹!"

뭉치가 우렁찬 목소리로 인사했다. 무슨 말인지 알 순 없었지만 아마 "잘 다녀와!"라는 뜻일 거다. 내 하찮은 초능력은 조금씩 진화하고 있었다.

"이러다 정말로 세계를 구하는 영웅이 되는 거 아냐?"

아무도 듣지 못할 혼잣말을 중얼거리며 나는 또다시 입을 가리고 킥킥 웃음을 터뜨렸다. 그 순간, 반갑지 않은 목소리가 뒤통수를 때렸다.

"오채아, 왜 혼자 웃고 있냐? 무섭게."

두 눈을 뾰족하게 뜨고 뒤를 돌아보았다. 한 손에 축구공을 든 건우와 "아, 안녕?" 하고 인사하는 도윤이 보였다.

"안녕, 도윤아. 건우 넌 왜 아침부터 시비야?"

"그보다 어젯밤에 의뢰가 들어왔대."

"정말?"

내가 두 눈을 동그랗게 뜨자, 도윤이 안경을 밀어 올리며 자세히 설명했다.

"키우는 고양이가 가출했대. 우리한테 고양이를 찾아 달라고 의뢰했어."

"시시해."

건우가 못마땅한 표정으로 공을 툭툭 찼다. 나는 대번에 건우에게 눈을 흘겼다.

"고양이가 실수로 집을 나가서 못 돌아오고 있으면, 우리가 주인을 찾아 줘야지."

"하지만 그건 세상을 구하는 거랑 아무 상관 없잖아. 초능력 어벤저스의 첫 의뢰니까 고양이를 찾는 것보다 더 대단한 일을 하고 싶다고."

"너, 솔직히 말해 봐. 내가 이번 사건에서 활약할까 봐 그러는 거지? 동물이랑 대화할 수 있는 건 나밖에 없으니까, 나한테 밀릴 것 같아?"

"누가 그렇대!"

정곡을 찔린 듯 건우가 버럭 고함을 질렀다. 나와 건우가 서로를 향해 눈을 부라리던 그때, 도윤이 긴장된 목소리로 외쳤다.

"와, 왔다!"

"이번엔 진짜야?"

건우가 고개를 쭉 빼며 물었다. "응." 하고 대답한 도윤이 내게 스마트폰을 건네주었다. 건우가 내 옆에 바짝 붙었다.

"어디 봐."

나는 새로 도착한 메시지를 소리 내어 읽었다.

"'초능력 어벤저스에 의뢰하고 싶은 사건이 있어요. 어떻게 하면 되나요?' 이번엔 정말로 의뢰 메시지인 것 같아."

"우아!"

한껏 들뜬 건우가 제자리에서 방방 뛰었다.

"내가 답장해도 될까?"

내 말에 도윤이 고개를 끄덕였다. 나는 신중하게 손가락을 움직이기 시작했다.

채아

> 어떤 의뢰인가요? 사연을 들어
> 본 후 동료들과 의논해 의뢰를
> 받아들일지 말지 결정하겠습니다.

"동료라니, 엄청 멋있다."

고개를 쭉 빼고 있던 도윤이 혼잣말을 중얼거렸다. 새까만 눈동자가 반짝반짝 빛났다. 순식간에 '읽음' 표시가 뜨고, 상대가 메시지를 입력하는지 말줄임표가 생겼다. 우리는 기대 어린 얼굴로 스마트폰에서 눈을 떼지 못했다.

마침내 새 메시지가 도착했다.

제가 아끼는 필통을 도둑맞았어요.
도둑을 잡아 주세요.

"이건 절도 사건이야. 우리 초능력 어벤저스의 첫 번째 의뢰로 딱 좋아."

건우의 비장한 선언에 도윤이 "맞아." 하고 고개를 크게 끄덕였고, 나도 동의한다는 표정을 지었다.

"좋아. 고양이 가출 사건도 중요하지만, 이건 건우 말처럼 절도 사건이니까 우리가 나서서 해결하자. 일단 어쩌다 필통을 도둑을 맞았는지, 자세한 내용을 물어봐야겠어."

내가 스마트폰을 도윤에게 돌려주려는 순간이었다.

"이놈들!"

등 뒤에서 호통이 날아왔다. 옆 반 선생님이 교문 앞에 서서 부리부리한 눈으로 우리를 노려보고 있었다.

"길에서 스마트폰 보는 건 위험하다고 몇 번이나 말해야 알아듣냐! 사고가 나는 건 순식간이라고."

"으아악, 대굴빡 선생님이다!"

비명을 지르며 도망가던 건우가 선생님에게 뒷덜미를 잡혔다.

"뭐, 대굴빡 선생님?"

누가 부르기 시작한 별명인지는 알 수 없지만, 옆 반 선생님은 언젠가부터 이름 대신 '대굴빡 선생님'으로 불렸다.

소문에 따르면 "박대국 선생님은 미국에서 '마이 네임 이즈 대국 박'이라고 자기소개 해?"라던 누군가의 질문이 "대국 박? 대굴빡? 대굴빡 선생님!"이 되었다고 한다. 물론 선생님에게는 비밀이지만.

나와 도윤은 박대국 선생님께 붙잡힌 건우를 모른 척하고 교실로 향했다. 등 뒤에서 "이 배신자들!" 하는 외침이 날아왔지만 돌아보지 않았다. 엄마가 6학년쯤 되면 자기 일은 자기가 알아서 해야 한다고 했다.

도윤은 건우가 걱정되는지 연신 뒤를 힐끔거렸다. 나는 도윤의 팔을 잡고, 교실까지 질질 끌고 갔다. 지금 중요한 건 대굴빡 선생님에게 붙잡힌 건우가 아니라 초능력 어벤저스가 처음으로 의뢰받은 사건이었다.

2. 창문이 열렸던 체육 시간

쉬는 시간, 우리 세 명은 사람이 잘 다니지 않는 으슥한 계단 아래에서 이마를 맞대었다.

"이 배신자들. 한 길 물속은 알아도 열 길 사람 속은 모른다더니, 너희가 나를 버리고 갈 줄 몰랐어!"

건우는 아직도 분이 풀리지 않는지 씩씩거리며 우리를 노려보았다. 도윤이 안절부절못하는 표정으로 "미안해." 하고 사과했다. 건우가 이번에는 나를 노려보았다. 나는 도도하게 턱을 치켜들었다.

"틀렸어."

"뭐가?"

"열 길 물속은 알아도 한 길 사람 속은 모른다고 해야 맞아."

"으으, 그거나 저거나! 지금 그게 중요한 게 아니잖아. 오채아, 넌 나한테 미안하지도 않냐?"

"전에 사나운 개가 쫓아올 때 너희 둘이 나만 두고 도망간 거, 아직 안 잊어버렸거든?"

그제야 건우가 할 말이 없는지 시선을 피했다. 두 번이나 도망간 배신자가 되어 버린 도윤이 "미, 미안." 하고 또다시 사과했다.

"사건 얘기부터 하자."

내가 목소리를 낮추자, 건우와 도윤이도 덩달아 진지한 표정을 지었다.

안경알 속 도윤이의 눈동자가 빛났다. 도윤이가 주위를 살피며 말했다.

"의뢰한 사람이랑 메시지로 대화를 나누면서 좀 더 자세한 내용을 알아 왔어. 사건 의뢰자는 옆 반의 송소민이었어."

"어느 옆 반? 1반?"

"응."

그 말에 나도 모르게 고개를 들어 6학년 1반이 있는 쪽을 바라보았다. 6학년 교실은 건물 1층에 있었고 그 중에서도 1반은 가장 끝에 있었다. 그리고 그 옆에는 우리 반인 6학년 2반이 있었다.

"아빠가 해외 출장을 갔다가 요즘 유행하는 캐릭터가 그려진 필통을 사 오셨대."

"요즘 유행하는 캐릭터?"

"응. 애니메이션 때문에 유명해진 고양이 '보보' 있잖아. 그 캐릭터가 그려진 필통이래. 우리나라에는 아직 안 나온 거라 그 나라에서만 살 수 있대."

고양이 보보는 나도 들어 본 적이 있다. 우리 반에도 보보 인형을 가방에 달고 다니는 애들이 여럿 있었다. 나는 도윤을 향해 고개를 끄덕였다.

"계속해."

"소민이가 그 필통을 들고 학교에 왔더니, 반 아이들이 엄청 부러워했다는 거야. 한 번만 만져 보자고 한 애도 많았고. 그런데 사흘째 되는 날, 체육 시간이 끝난 뒤에 필통이 없어졌대."

건우가 믿을 수 없다는 듯 두 눈을 동그랗게 떴다.

"뭐야? 그럼 같은 반 아이가 훔쳐 갔다는 거야?"

"꼭 그렇다고는 할 수 없지. 소민이가 잃어버렸을 수도 있잖아."

내 말에 도윤이가 고개를 저었다.

"체육 시간 전까지는 분명히 책상 서랍에 필통이 있었대. 그런데 체육 수업이 끝난 뒤, 교실로 돌아왔더니 필통이 없어졌다는 거야."

건우가 그것 보라는 듯 으스대는 눈으로 나를 보았다.

"그러니까 확실하게 체육 시간에 누군가 필통을 훔쳤다는 거잖아."

분하지만 이번에는 건우의 말이 옳았다. 나는 눈썹을 찌푸린 채 생각에 잠겼다. 그리고 두 사람을 바라보며 물었다.

"그럼 이제 어떻게 하지?"

"어떻게 하긴 범인을 잡아야지! 필통을 훔친 도둑에게 정의의 주먹을 날리는 거야!"

"그러니까 어떻게 범인을 잡느냐고! 누가 훔쳐 갔는지 어떻게 알아낼 거야?"

내 말에 건우가 동그란 눈을 깜빡였다.

"그건 이제부터 생각해 봐야지."

"하아."

나도 모르게 한숨을 쉬었다. 하지만 건우는 그런 건 중요하지 않다는 듯 한 손을 쭉 뻗으며 외쳤다.

"초!"

그러고는 멀뚱멀뚱 서 있는 우리를 보며 "뭐 해?" 하고 재촉했다.

"응? 아아."

뒤늦게 눈치챈 도윤이 건우의 손 위에 자신의 손을 겹치며 "헤헤." 하고 웃은 뒤 외쳤다.

"능!"

건우와 도윤이 동시에 나를 바라보았다.

'아, 너무 유치한데.'

내가 머뭇거리자, 성격 급한 건우가 "빨리!" 하고 소리쳤다. 하는 수 없이 도윤의 손 위에 내 손을 겹치며 남은 한 글자를 외쳤다.

"력."

기다렸다는 듯 건우와 도윤이 손을 하늘 높이 치켜들며 크게 소리쳤다.

"어벤저스!"

나는 마지못해 들릴 듯 말 듯 작은 목소리로 뒤늦게 따라 했다.

건우가 눈동자를 반짝반짝 빛내며 나를 쳐다봤다.

"그럼 반장, 우리 이제 뭐부터 해야 해?"

"그걸 왜 나한테 물어?"

"네가 우리 중에서 제일 똑똑하니까 계획도 네가 세

워야지. 그래서 우린 뭘 하면 돼?"

"하아."

나는 벌써 몇 번째일지 모를 한숨을 내쉬었다. 도윤까지 잔뜩 기대하는 눈으로 나를 응시했다. 나는 "끙." 하고 신음을 내쉬며 머리를 쥐어뜯었다.

"필통 도둑을 잡을 수 있는 방법 말이지? 으음."

한참 동안 고민하던 내가 이윽고 고개를 들었다.

"일단 용의자를 찾자!"

"용의자?"

"옆 반 아이 중에서도 소민이의 필통을 특히 부러워하거나 탐낸 아이가 있을 거야. 그게 누군지 알아보자는 거지."

"부럽다고 모두 필통을 훔치거나 하진 않아."

건우가 내 말을 반박했다. 하지만 이번에는 나도 지지 않았다.

"그럼 옆 반 애들 전부 조사할 거야? 어떻게?"

우리 눈치를 살피던 도윤이 조심스럽게 끼어들었다.

"나, 나도 알아. 용의자는 동기를 가진 사람을 말해. 보통 범행 동기가 있는 사람이 범죄를 저지르거든."

도윤까지 내 편을 들자, 건우가 손가락으로 코끝을 쓱
문질렀다.

"좋아. 이번에는 네 말대로 하자. 옆 반에 나랑 같은
축구 클럽에 다니는 애가 있어. 내가 한번 물어볼게. 소

민이의 필통을 유난히 탐낸 사람이 있었는지 말이야."

"나도 옆 반 반장이랑 친하니까 슬쩍 떠볼게. 건우 너도 너무 티 나게 물어보면 안 돼. 우리가 초능력 어벤저스라는 건 비밀이니까."

"나도 알아! 꼬리가 길면 밟히는 거잖아!"

건우가 자길 뭘로 보냐는 듯한 눈초리로 나를 쏘아보았다. 나도 모르게 손뼉을 짝짝 쳤다. 건우의 눈동자가 동그래졌다.

"웬일이야? 이번에는 속담을 틀리지 않았어."

"이 정돈 누워서 껌 먹기지."

"껌이 아니라 떡이거든."

나는 그러면 그렇지, 하는 표정으로 핀잔을 날렸다. 우쭐한 얼굴로 턱을 치켜들던 건우가 "그게 그거잖아!" 하고 왈칵 소리를 질렀다. 그때 도윤이 시무룩한 표정으로 고개를 떨구었다.

"미, 미안……. 나는 옆 반에 친구가 없어서 물어볼 사람이 없어."

나는 도윤의 어깨에 손을 올리며 부드럽게 말했다.

"도윤이 넌 더 중요한 역할이 있잖아."

"더 중요한 역할?"

"소민이랑 연락할 수 있는 사람은 너뿐이야. 그러니까 소민이에게 더 자세한 정보를 물어봐. 특히 누가 필통을 부러워했는지, 몰래 만진 사람은 없었는지, 그런 것 말이야."

"응. 나한테 맡겨 둬!"

도윤이 금세 기합이 들어간 표정으로 고개를 끄덕였다. 나는 두 사람에게 차례로 시선을 주었다.

"그럼 일단 흩어지고, 학교가 끝난 후에 편의점 앞에 모여서 각자 알아낸 정보를 교환하자."

고개를 끄덕이던 건우가 두 손을 뒤통수에 가져다 대며 아쉬운 목소리로 말했다.

"그런데 용의자를 알아내는 거면 초능력 쓸 일이 없잖아. 멋진 구호도 생각해 왔는데."

"멋진 구호?"

"응. 초능력을 사용해서 범인을 쫓아갈 때 '달려라, 번개!' 하고 외치려고 했거든. 내가 번개처럼 빠르잖아. 어젯밤 내내 생각한 건데."

너무 유치해서 나도 모르게 한숨이 흘러나왔다. 건우

37

라면 정말로 그렇게 외치고도 남았다. 나는 건우의 유치함이 옮을까 봐 서둘러 교실로 돌아갔다.

"야, 같이 가!"

건우의 부름을 못 들은 척하고 말이다.

다음 쉬는 시간, 최대한 아무렇지 않은 표정을 하고 옆 반으로 갔다. 선생님은 교무실에 가셨는지 자리에 없었다. 다행이라고 생각하며 다연이 앉은 자리로 걸어갔다.

"다연아, 안녕!"

"어? 채아야, 어쩐 일이야?"

옆 반 반장인 다연과는 4학년 때 같은 반이었다. 지금도 같은 학원을 다니고 있어서 일주일에 세 번은 만난다. 4학년 때처럼 매일 붙어 다니지는 않지만, 그래도 친하다면 친한 사이였다.

"학원 숙제 안 했어? 보여 줄까?"

"아니, 그런 게 아니고."

가방을 열던 다연이 도로 지퍼를 닫았다. 나는 다연의 팔을 잡고 복도로 끌어냈다.

"왜? 무슨 일인데?"

근처에 아무도 없는 것을 확인한 뒤에야 다연에게 귓속말을 했다.

"너희 반 애가 필통 도둑맞았다며?"

그 말에 다연이 눈썹을 찌푸렸다.

"뭐야, 어떻게 알았어? 벌써 옆 반까지 소문이 난 거야?"

나는 제 발 저린 도둑처럼 움찔했지만 이내 태연한 표정으로 대답했다.

"애들이 쉬는 시간에 얘기하는 거 얼핏 들었어."

"응. 소민이가 가져온 필통이 체육 시간에 없어졌어."

"누가 가져갔는지는 모르고?"

내 물음에 다연이 심각한 표정으로 고개를 끄덕였다.

"사실 가지고 가려면 아무나 가져갈 수 있었어."

"왜?"

"이번 주 주번이 체육관으로 갈 때, 창문을 안 닫고 교실 문만 잠갔대. 창문 잠그는 걸 깜빡했다는데, 너도 알다시피 요즘 날씨가 덥잖아. 그래서 교실 창문이 다 열려 있었거든. 마음만 먹으면 다른 반 애도 우리 반 교실에 들어올 수 있었다는 거지."

오, 이건 새로운 정보다. 나는 건우보다 중요한 정보를 얻은 것 같아서 우쭐해졌다. 그때, 주위를 둘러본 다연이 갑자기 목소리를 낮추었다.

"그런데 소민이는 우리 반 애가 가져간 것 같대."

"어째서?"

"보보가 그려진 2단 필통이라 부러워하는 애가 많았거든. 선생님은 창문이 열려 있었으니까 꼭 우리 반 애가 한 짓이라고 단정할 수 없다고 하셨는데……. 으음."

내가 다음 말을 재촉하듯 바라보자, 다연이 힐끔 뒤돌아보았다. 나도 다연의 시선을 따라 눈동자를 굴렸다. 쉬는 시간인데도 부루퉁한 얼굴로 자기 자리에 앉아 있는 소민의 모습이 보였다.

"소민이 엄마가 선생님한테 전화해서 가정 통신문을 보내든 애들을 혼내든 해서 빨리 필통을 찾아내라고 성화를 부리셨나 봐. 그래서 선생님이 꽤 곤란하신 모양이야."

"그렇구나."

나는 고개를 끄덕이며 오늘 아침에 봤던 박대국 선생

님을 떠올렸다. 소리만 버럭버럭 지르는 줄 알았는데, 반 아이들이 억울한 누명을 쓰지 않도록 최선을 다하고 계신 모양이었다. 역시 사람은 겉만 봐서는 모른다.

"그런데 누가 소민이 필통을 가장 부러워했어?"

"나는 그 캐릭터를 좋아하지 않아서 관심이 없었거든. 그래서 누가 소민이의 필통을 부러워했는지 잘 모르겠어."

"그래?"

나는 실망스러운 표정을 감추지 못하고 입꼬리를 축 늘어뜨렸다. 다연이 "그런데……." 하며 또다시 목소리를 낮추었다.

"이건 비밀인데, 난 사실 지안이가 가장 의심스러워."

"지안이?"

"응. 소민이 짝인데, 보보를 엄청 좋아하거든. 가방이랑 물통, 지갑까지 다 보보야. 지안이가 소민이한테 하루만 필통을 빌려주면 안 되냐고 물었대. 물론 소민이는 안 된다고 했지. 그랬더니 필통 가지고 잘난 척한다면서 굉장히 화를 냈어. 둘이 완전 단짝이었는데, 지금은 서로 말도 안 해."

다시 소민이를 쳐다보았다. 옆자리는 텅 비어 있었다.

"그랬구나."

"응. 그리고 한 달 전에 소민이가 새로 생긴 아파트로 이사 갔거든."

어느 아파트인지 알 것 같았다. 20층이 훌쩍 넘는 아파트는 이 동네 어디에서든 고개만 젖히면 한눈에 들어왔다.

"원래는 둘이 같은 동네에 살았는데, 소민이가 새 아파트로 이사 간다고 엄청 자랑했대. 그래서 사이가 더 안 좋아진 거지. 그런데 그건 왜 묻는 거야? 너도 소민이 필통에 관심 있어?"

"아니, 그런 게 아니라……."

갑작스러운 질문에 대답할 말을 찾지 못하고 우물쭈물하는데, 복도 끝에서 건우가 달려왔다.

"야, 오채아!"

다행이라고 생각하며 가슴을 쓸어내린 내가 일부러 두 눈을 사납게 떴다. 자연스럽게 자리를 뜰 방법이 생각났다.

"지건우! 복도에서 뛰지 말라고 했지? 선생님께 혼났

는데도 또 그러냐?"

"으악, 잔소리 대마왕!"

"뭐?"

처음엔 화난 척만 하려고 했는데, 말하다 보니 정말로 화가 났다. 건우에겐 사람을 열받게 하는 이상한 재주가 있었다. 어쩌면 건우는 초능력이 두 개일지도 모르겠다. 아주 빠르게 달리는 초능력과 나를 화나게 하는 초능력.

나는 두 팔을 걷어붙이고 건우를 잡으러 뛰어갔다. 끼이익, 급하게 멈춰 선 건우가 순식간에 방향을 틀었다. 그리고 다시 부리나케 도망가기 시작했다.

"잔소리 대마왕이 쫓아온다!"

"거기 서, 지건우!"

등 뒤에서 다연이 "채아야, 너도 복도에서 뛰고 있잖아!" 하고 소리쳤지만 돌아보지 않았다. 지금 중요한 건 얄미운 건우를 붙잡아 선생님께 질질 끌고 가는 것뿐이었으니까.

'딱 기다려라, 지건우!'

뒤를 힐끗 돌아본 건우가 다급하게 손을 저었다.

"야, 오채아! 그게 아니라."

"그게 아니긴 뭐가 아니야."

"방금 학교 안에서 진돗개를 봤는데."

"거짓말하지 마!"

나는 숨을 헐떡이며 속도를 높였다. 손을 쭉 뻗자, 건우가 잡힐 것처럼 아슬아슬했다. 조금만 더!

"진짠데. 에이, 모르겠다."

그 순간, 주위를 둘러보던 건우가 사람이 없는 걸 확인하더니 초능력을 사용했다.

"달려라, 번개!"

바람이 부는 것처럼 내 머리카락이 흩날렸다. 그와 동시에 잡힐 것 같던 건우가 순식간에 사라졌다. 나는 그 자리에 멈춰 서서 허탈한 표정을 지었다.

"지건우, 치사하게 초능력을 사용하다니. 두고 보자."

뭉치가 옆에 있다면 "건우를 물어!"라고 외치고 싶었다. 뭉치가 이곳에 없다는 게 아쉬울 뿐이었다.

3. 세 명의 용의자

방과 후, 우리는 아이스크림을 하나씩 입에 문 채 편의점 앞 테이블을 차지하고 앉았다. 오늘의 임시 아지트는 이곳으로 정했다. 뜨거운 햇볕을 막아 주는 커다란 파라솔이 있었기 때문이다.

세상을 구하는 초능력자들에게 아지트가 없다는 건 슬픈 일이지만, 우리 중 누구도 불평을 터뜨리지 않았다. 그러기엔 아이스크림이 너무 맛있었다.

"하나 더 먹고 싶은데, 이번 주 용돈 다 썼어."

건우가 빈 막대기를 입에 물며 아쉬운 표정을 지었다. 도윤이 "난 아직 용돈 남았어. 내가 사 줄까?" 하고 물었

다. 잠깐 고민하던 건우가 고개를 저었다.

"그건 네 용돈이잖아."

"괜찮아. 다음에 네가 사 주면 되잖아."

"음."

또다시 진지하게 고민하던 건우가 이번에도 고개를 가로저었다.

"다음에도 용돈이 모자랄 것 같으니까 됐어. 엄마가 공부는 안 하고 맨날 축구만 한다고, 용돈 줄일 거라고 했거든. 빈대의 간을 빼먹지, 여기서 더 줄일 게 어디 있다고."

"빈대의 간이 아니라 벼룩의 간이거든."

내가 톡 쏘아붙이자, 건우가 찌릿하고 노려보았다.

"지금 그게 중요해? 내 용돈이 줄어들게 생겼는데?"

"응, 그게 중요해."

"쳇."

나 같으면 정확히 모르는 말은 쓰지 않을 텐데, 건우는 일단 뱉고 보았다. 틀린 말을 자신 있게 하는 것도 용기라면 용기였다. 이건 비밀인데, 가끔은 그런 용기가 부럽기도 했다.

며칠 전에 우리 셋이 길 가다가 외국인을 만난 적이 있다. 관광객으로 보이는 외국인은 한국말을 전혀 하지 못했고, 우리에게 영어로 버스 정류장으로 가는 길을 물어보았다. 나는 혹시라도 틀린 문장을 말할까 봐 머릿속으로 열심히 단어를 조합했다.

그사이 건우는 손짓발짓하며 외국인과 대화를 나누기 시작했다.

"오우, 버스 스탑? 버스 스탑이면 버스 정류장이지? 고! 쭉 고. 커피숍에서 턴. 오른쪽이 영어로 뭐지? 아, 커피숍 턴 라이트! 오케이? 굿 럭! 굿 바이!"

마침내 내가 완벽한 문장을 만들었을 때, 외국인은 이미 건우에게 감사 인사를 하고 떠난 뒤였다. 그리고 건우는 우리를 돌아보며 잔뜩 혀를 꼬고 말했다.

"오우, 놔 진쫘 영어 좔하지 않나?"

그때만큼은 생각보다 행동부터 하는 건우가 멋있어 보였다.

'멋있다니, 말도 안 돼.'

머리를 탈탈 흔들어 쓸데없는 생각을 털어 낸 내가 먼저 입을 열었다.

"일단 나부터 얘기할게. 소민이 짝인 지안이가 용의자 중 한 사람이야. 지안이는 보보를 굉장히 좋아하는데, 소민이가 필통을 빌려주지 않아서 화를 냈대. 둘이 하루 종일 붙어 다닐 정도로 친했는데, 지금은 서로 말도 하지 않는대. 바로 옆자리니까 몰래 필통을 훔칠 기회는 언제든 있었을 거야."

내 이야기가 끝나자마자 건우가 번쩍 손을 들었다.

"그다음은 내 차례야! 나도 용의자를 알아 왔어! 수호
란 애도 그 필통을 탐냈대. 한번 만져 보자면서 빼앗아
간 뒤에 안 돌려줘서 소민이가 대굴빡 선생님한테 일러
바쳤다더라. 대굴빡 선생님이 수호를 불러서 돌려주라
고 말하니까 그제야 투덜거리면서 필통을 돌려줬대. 선
생님이 소민이에게 앞으로 그 필통 가져오지 말라고 했
는데, 그다음 날에도 가져왔나 봐. 그러고 도둑맞았고
말이야. 수호는 체육 시간에 화장실 간다면서 잠깐 자
리를 비우기도 했대."

진지하게 건우의 이야기를 듣던 내가 팔짱을 끼며 한
숨을 쉬었다.

"그런데 넌 아침에 그렇게 혼나고도 옆 반 선생님을
별명으로 부르는 거야?"

"왜 나한테만 그래? 다들 대굴빡 선생님이라고 부르
는데."

"저…… 이젠 내가 말해도 될까?"

도윤이 눈치를 살피다가 슬그머니 손을 들었다. 서로

노려보던 나와 건우가 동시에 도윤을 보며 고개를 끄덕였다. "음음." 하고 목을 가다듬은 도윤이 스마트폰을 보며 말했다.

"나는 소민이한테 직접 물어봤는데, 소민이는 하린이가 의심된대."

"하린이?"

"응. 소민이 앞자리에 앉은 아인데, 자꾸 자기 필통을 쳐다보는 것 같았대. 다른 아이들처럼 대놓고 부럽다거나 멋지다는 말은 안 했는데, 몰래 힐끔힐끔 훔쳐보다가 몇 번 눈을 마주쳤다는 거야. 아, 그리고 그날 하린이가 주번이었어. 그래서 가장 늦게 교실을 나갔지."

"주번이라면, 창문은 안 잠그고 교실 문만 잠그고 갔다는 애?"

스마트폰에서 눈을 뗀 도윤이가 나를 바라보았다.

"응."

"흐음. 용의자가 세 명이네. 셋 다 동기가 있어. 그리고 필통을 훔칠 기회도 있었고."

내 말에 건우가 "으으, 복잡해. 머리가 터질 것 같아." 하고 테이블에 철퍼덕 엎어졌다. 그러다 고개만 돌려

나를 쳐다보았다.

"이제 뭘 하면 돼?"

건우가 내게 의지하는 걸 보니, 역시 초능력 어벤저스의 리더는 나인가 보다. 나는 리더답게 진지한 표정으로 말했다.

"셋 중 누가 필통을 훔쳐 갔는지 알아내야지."

"어떻게? 걔들한테 물어볼 수도 없잖아. 자기가 훔쳤어도 이제 와서 절대 자백하지 않을걸?"

날카로운 질문이다. 나는 속으로 움찔했지만, 겉으로는 티를 내지 않았다. 리더는 함부로 놀라선 안 되기 때문이다. 그 대신 어깨를 쫙 폈다.

"세 명을 미행해 보자."

"미행?"

이번에는 도윤이가 두 눈을 동그랗게 떴다.

"그중에서 누가 가장 의심스러운지 직접 확인해 보는 거야."

"좋아!"

어쩐 일인지 건우가 내 말에 순순히 동의했다. 나를 리더로 인정하는 게 틀림없다. 나는 가방을 메고 일어나 쓰레기통에 아이스크림 포장지를 버렸다.

"미행은 내일부터 하자. 오늘은 학원 가는 날이거든. 그럼 나 먼저 갈게, 안녕."

"잘 가, 채아야."

도윤이 싱긋 웃으며 손을 흔들었다. 건우가 "새뿔도 단김에 빼랬는데." 하고 중얼거렸다.

나는 학원으로 발길을 옮기며 건우를 향해 마지막 핀잔을 날렸다.

"새뿔이 아니라 쇠뿔이야. 쇠뿔도 단김에 빼라!"

4. 학교에 나타난 유기견

다음 날, 수업을 마친 우리는 교문 앞에서 머리를 맞
대고 수군거렸다. 내가 먼저 의견을 냈다.

"한 사람이 한 명씩 맡아서 미행하면 어떨까? 그게 더
효율적이잖아."

"어, 저기……. 나는 안 들킬 자신이 없는데……."

도윤이 두 손을 꼼지락거리며 나와 건우의 눈치를 살
폈다. 그제야 도윤의 겁 많은 성격을 떠올린 내가 아차
하는 표정을 지었다.

건우가 들고 있던 축구공을 발로 툭툭 차며 말했다.

"그냥 다 같이 미행하자. 우린 한 팀이잖아."

"그래."

내가 선뜻 동의하자, 도윤이 안도의 한숨을 내쉬었다. 그때 경비 할아버지가 마법사들이 탈 것 같은 기다란 빗자루를 들고 이쪽으로 걸어왔다.

"얼른 집에 안 가고, 뭣 허냐?"

"이제 가려고요."

"그래, 조심해서 들어가라. 방금 학교 안에 개가 돌아다니는 것 같다고 해서 찾으러 가는 길이다."

"개요?"

경비 할아버지가 빗자루에 몸을 기댔다. 빗자루가 끼익끼익 비명을 질렀다.

"유기견 한 마리가 학교로 잘못 들어왔나 보더라고. 쯧쯧. 키우던 개를 버리다니, 사람이 할 짓은 아니지."

건우가 얄미운 표정을 지으며 으스댔다.

"거봐, 내 말이 맞지? 내가 어제 진돗개 봤다고 말했잖아. 오채아, 넌 안 믿었지만."

"그건 내가 미안해."

내가 순순히 사과할 줄은 몰랐는지 건우가 두 눈을 똥그랗게 떴다. 그 모습에 내가 슬그머니 눈을 흘겼다.

'사람을 뭘로 보고.'

나는 고맙다는 말도 미안하다는 말도 아끼지 않았다. 아빠가 그 두 단어는 사람들 사이를 부드럽게 만들어 주는 마법의 주문이라고 했기 때문이다.

"그러니까 괜히 수업 끝났는데 학교에서 얼쩡거리다가 개랑 마주치지 말고, 얼른얼른 집으로 가거라."

우리는 지안과 수호, 하린을 기다리고 있었다. 옆 반이 우리보다 늦게 마치는지, 세 명 모두 아직 교문을 통과하지 않았다. 내가 대답을 망설이는 사이, 건우가 팔꿈치로 내 옆구리를 툭 쳤다.

"네!"

눈이 마주친 건우가 턱으로 내 뒤를 가리켰다. 고개를 돌리자, 친구와 걸어오는 지안이 보였다. 그제야 나와 도윤이 경비 할아버지에게 차례로 인사했다.

"그럼 안녕히 계세요."

"아, 안녕히 계세요."

"그래, 조심히 가거라. 내일 보자."

경비 할아버지가 기다란 빗자루를 들고, 지나가는 아이들에게 일일이 인사를 건넸다. 우리는 잽싸게 교문 뒤에 숨었다. 누가 봐도 수상한 모습이었지만, 다른 사람의 시선을 신경 쓸 겨를이 없었다.

나는 지안이를 뚫어지게 쳐다보았다. 지안이가 걸을 때마다 양 갈래로 묶은 기다란 머리카락이 출렁출렁 흔들렸다.

"가자."

지안이 우리 앞을 지나 교문을 나서자 건우가 비장하게 속삭였다. 나와 도윤도 진지한 얼굴로 고개를 끄덕였다. 우리는 가게 앞에 서 있는 간판과 길거리에 쌓여 있는 상자 더미, 그리고 좁은 골목에 몸을 숨기며 지안의 뒤를 졸졸 쫓아갔다.

"이러니까 우리 진짜 어벤저스 같다……."

도윤이 감격스러운 목소리로 중얼거렸다. 그러고 보니, 마치 영화에 나오는 스파이 같기도 했다.

'꽤 멋있잖아?'

내가 만족스러운 미소를 짓던 그때.

"안녕."

"잘 가, 지안아. 내일 봐."

지안이 치킨집 앞에서 친구와 손을 흔들며 헤어졌다.

우리는 빵집 골목에 숨어 지안의
뒷모습을 지켜보았다. "킁킁." 고소
한 빵 냄새를 한껏 들이켠 건우가
"이건 내가 제일 좋아하는 피자빵
냄샌데." 하고 중얼거렸다. 그러다
이내 입술을 삐죽였다.
　"저기가 지안이 집인가 봐."

지안이 치킨집 옆의 파란색 대문을 열고 안으로 들어 갔다. 우리는 닭 쫓던 개처럼 멍하니 파란색 대문만 쳐 다보았다. 지안을 미행했지만, 얻은 건 하나도 없었다.

건우가 허탈한 목소리로 말했다.

"아무리 생각해도 이건 좋은 방법이 아닌 것 같아. 집으로 가는 길에는 딱히 뭔가를 알아낼 기회도 없고, 그렇다고 집 안까지 따라 들어갈 수도 없잖아. 다른 방법을 찾아보는 편이 낫지 않겠어?"

"어떤 방법?"

내 물음에 건우는 딱히 할 말이 없는지 뒤통수만 긁적였다.

"그건 이제부터 생각해 봐야지. 안 그래, 도윤아?"

건우가 동의를 구하듯 도윤을 쳐다봤다. 하지만 도윤은 건우가 아니라 파란색 대문을 응시하고 있었다. 그리고 두 눈을 동그랗게 떴다.

"어? 저기."

나와 건우가 차례로 고개를 돌렸다. 대문 아래의 좁은 틈새로 털 뭉치 하나가 비집고 나왔다. 한두 번 해 본 솜씨가 아닌 듯, 아주 익숙하게 대문을 나온 고양이 한 마리가 잠깐 그 자리에 앉아 구겨진 털을 핥아 정리했다.

흰색의 기다란 털에 반드르르한 윤기가 흘렀다. 아무리 봐도 길고양이는 아니었다. 시선을 눈치챈 고양이가 힐끔 곁눈질했다. 연두색 눈동자가 구슬처럼 영롱하게 반짝였다.

그때 대문 너머에서 지안의 목소리가 들려왔다.

"엄마! 백설이 또 도망갔어!"

방금까지 여유롭던 고양이의 얼굴에 살포시 긴장감이 내려앉았다. 도윤이가 "지안이네 고양이인가 봐." 하고 속삭였다.

나는 고양이에게 눈을 떼지 않은 채로 대답했다.

"응. 아무리 봐도 몰래 가출한 것 같지?"

기다렸다는 듯, 건우가 내 옆구리를 쿡 찔렀다.

"네가 나설 차례야."

"나?"

"지안이네 고양이라잖아. 뭔가 알고 있을지도 몰라. 가서 물어봐."

건우답지 않게 좋은 생각이었다. 나는 고양이가 놀라지 않게 천천히 다가갔다. 연두색 눈동자에는 반쯤 경계심과 반쯤 호기심이 깃들어 있었다. 고양이는 언제든 도망갈 수 있도록 몸을 틀고 뒷다리에 힘을 주었다.

나는 최대한 친절한 목소리로 입을 열었다.

"안녕, 백설아?"

백설이가 도망가려던 것을 멈추고 나를 돌아보았다. 바짝 선 귀와 똥그란 눈, 뒤로 휘어진 수염이 얼마나 놀랐는지 말해 주었다.

"방금 네가 말한 거냐옹?"

나는 재빨리 머리를 굴렸다. 내게 남은 초능력은 세 번뿐이었다. 그 안에 원하는 정보를 얻어야 했다. 쓸데없는 말을 해서는 안 된다.

"오채아, 쓸데없는 말 하지 말고……."

"나도 아니까 조용히 좀 해 줄래?"

내가 매섭게 쏘아붙이자, 건우가 마지못해 입을 다물었다. 건우와 도윤이 지켜보고 있었다. 괜한 인사로 한 번의 기회를 낭비할 수는 없었다.

나는 단번에 핵심을 찔러 물었다.

"혹시 지안이가 못 보던 필통을 가져오지 않았어?"

백설이는 여전히 이 상황을 이해할 수 없는 모양이었

다. 귀를 쫑긋 세우고 고개를 갸웃거렸다. 나는 백설이의 입만 바라보았다.

"그것 때문에 지안이랑 집사랑 싸우긴 했다옹."

나도 모르게 "집사?" 하고 되물을 뻔했다. 입술까지 터져 나온 말을 간신히 삼켰다. 중요하지 않은 질문으로 초능력 한 번을 날려 버리고 싶지는 않았다.

'집사면…… 지안이 엄마를 말하는 건가?'

머릿속에서 생각을 정리한 후 다시 신중하게 물음을 던졌다.

"왜 싸웠는데?"

"지안이가 필통을 사 달라고 졸랐는데, 집사가 안 사 줘서 엄청 시끄러웠다옹."

나는 "그렇구나." 하고 대답하고 싶은 걸 꾹 참으며 고개만 끄덕였다.

"왜? 뭐라는데? 누가 누구랑 싸웠다고?"

옆에서 건우가 안달이 난 표정으로 끼어들었다. 백설이가 그런 건우를 힐끔거렸다. 하지만 나는 건우를 돌아보지 않았다. 벌써 초능력을 세 번 사용했다. 남은 기회는 한 번뿐이었다. 어떤 질문을 하는 게 좋을까 고민하던 내가 조심스럽게 입을 열었다.

"요즘 지안이 기분은 어때 보였어?"

그건 내가 할 수 있는 최고의 마지막 질문이었다. 백설이는 지안이가 필통을 훔쳤는지 아닌지 알 수 없었다. 지안의 방에 들어가 필통을 발견한다고 해도 그것이 훔친 필통인지 아닌지는 모를 것이다.

아줌마는 지안에게 필통을 사 주지 않았다고 했다. 그런데 지안의 기분이 좋다면, 그건 수상한 일이다. 나는 내 추리에 스스로 감탄하며 긴장한 눈으로 백설이를 쳐다보았다. 백설이의 분홍색 코가 씰룩거렸다.

"방금도 집에 오자마자 필통 사 달라며 집사랑 싸우길래 시끄러워서 나왔다옹."

"아아."

그때 건우가 "도윤아, 왜 그래?" 하고 물었다. 도윤이 멍한 표정으로 허공을 응시했다. 나와 건우의 눈이 마주쳤다. 저 표정은 도윤이의 초능력이 발동한다는 증거였다. 과연 일 분 뒤에 무슨 일이 벌어질까?

퍼뜩 정신을 차린 도윤이 다급한 표정을 지었다.

"지안이 엄마가 나오셔!"

"우리가 대문 앞에 모여 있는 걸 보면 수상하게 생각
하실 거야. 도망가자!"

건우가 가장 먼저 몸을 돌렸다. 도윤도 건우의 뒤를
따라 뛰었다. 마지막으로 돌아선 내가 마침 생각난 듯
백설이를 돌아보았다.

"아줌마 나오신대!"

내 말을 더는 알아듣지 못하는 백설이가 고개를 갸웃
거렸다. 마지막 의리를 지킨 나는 도윤을 놓칠세라 재
빨리 뛰어갔다. 등 뒤에서 "백설이, 너!" 하고 소리치는
아줌마의 목소리와 몸통이 붙잡힌 채 "캬아옹." 하고 소
리치는 고양이의 비명이 들렸다.

"하루에, 다섯 번까지, 할 수, 있게, 노력해야, 겠어."

나는 숨을 헐떡이며 혼잣말로 중얼거렸다. 우리는 지
안의 집이 보이지 않는 곳에 도착해서야 겨우 멈춰 섰
다. 도윤이 두 손으로 무릎을 짚은 채 허리를 숙이고 가
쁜 숨을 몰아쉬었다. 오직 건우만 쌩쌩한 모습이었다.

"백설이가 뭐래?"

나는 가쁜 숨을 가라앉히려 크게 심호흡했다. 그리고
가만히 고개를 저었다.

"지안이가 필통을 훔친 것 같지 않아."

"왜?"

"오늘도 집에 오자마자 필통 사 달라고 하면서 엄마랑 싸웠다고 했거든. 소민이 필통을 훔쳤다면, 굳이 새 필통을 사 달라고 할 필요가 없잖아. 게다가 원하는 필통을 손에 넣었다면 기분이 좋아야 하는데, 그렇지 않다고 했어."

"채아 말이 맞는 것 같아."

도윤이 동의한다는 듯 고개를 끄덕였다. "흠." 생각에 잠겼던 건우가 어깨를 으쓱였다.

"그럼 지안이는 용의자에서 제외하고, 내일은 수호를 미행하자."

"좋아."

"그래."

나와 도윤이 동시에 고개를 끄덕였다. 가만있어도 더운데 달리기까지 한 탓에 땀이 줄줄 흘렀다. 우리는 누가 먼저랄 것도 없이 편의점으로 향했다. 한동안 우리 아지트는 편의점으로 해야 할까 보다.

수호의 뒤를 쫓는 건 그리 어렵지 않았다. 또래에 비해 덩치가 큰 수호는 어디서든 한눈에 띄었다. 하지만 교문을 통과한 수호가 자전거를 탈 거라곤 전혀 예상하지 못했다.

"어떻게 하지?"

내가 난감하게 중얼거리는 사이에도 수호는 우리 시야에서 점점 멀어지고 있었다. 가볍게 몸을 푼 건우가 가방을 벗어 도윤에게 건넸다.

"내가 초능력을 사용해서 수호를 따라갈게. 가서 전화할 테니까 너희도 수호가 사라진 방향 쪽으로 걸어오고 있어."

"알았어."

내가 고개를 끄덕이자, 건우가 입꼬리를 씩 당기며 웃었다. 왠지 불길한 느낌이 들었다. 주위를 휘휘 둘러보고 사람이 없는 걸 확인한 건우가 순식간에 속도를 높였다.

"달려라, 번개!"

건우의 모습은 사라지고, 건우가 외친 구호만이 나와 도윤 사이에 덩그러니 남았다. 도윤은 마치 자기가 유치한 구호를 외친 것처럼 얼굴을 붉혔다. 고개를 절레 절레 저은 내가 먼저 걸음을 옮겼다.

"가자. 많이 뒤처지면 못 따라잡을 거야."

"응."

우리가 다시 건우와 합류한 것은 근처 아파트 단지 앞에 있는 무인 아이스크림 가게 앞이었다. 활짝 열린 문 앞에는 조금 전에 수호가 타고 사라진 자전거가 서 있었다.

우체통 뒤에 몸을 숨긴 건우가 우리를 보며 빨리 오라는 듯 손짓했다. 나와 도윤까지 우체통 뒤에 몸을 숨기고 나자, 건우가 입술을 삐죽이며 투덜거렸다.

"난 쟤 마음에 안 들어. 자기보다 작은 애들을 괴롭힌대. 그리고 무인 가게에서 돈 안 내고 과자를 훔쳐 먹는 걸 누가 봤대. 소민이 필통도 빼앗아 갔다가 대굴빡 선생님한테 걸려서 돌려줬다며. 소민이 필통을 훔친 사람도 수호일 거야."

"그건 알 수 없어. 증거도 없는데 함부로 단정하면 안 돼."

"두고 봐. 내 말이 맞을 테니까."

우리가 속닥거리던 그때 도윤이 "쉿." 하고 검지를 입술 위에 올렸다. 그리고 손가락으로 어딘가를 가리켰다.

"계속 가게를 돌아다니면서 구경만 하던 수호가 아이스크림을 하나 꺼냈어."

문이 활짝 열린 탓에 수호가 뭘 하는지 아주 잘 보였다. 수호는 계산도 하지 않고 아이스크림을 입으로 가져갔다.

"어?"

도윤이 두 눈을 똥그랗게 떴다. 나도 입을 벌렸다. 건우가 씩씩거리며 화를 냈다.

"저것 봐, 내 말이 맞잖아!"

사실 건우는 말썽꾸러기이긴 하지만 누구보다 정의감이 투철했다. 송이가 뺑소니당한 사건을 해결했을 때만 떠올려 봐도 알 수 있었다. 건우는 자기 일이 아닌데도 뺑소니범을 잡기 위해 자발적으로 도윤과 함께 전단지를 만들어서 목격자를 찾아다녔다.

그런 건우가 돈도 내지 않고 아이스크림을 먹는 수호의 행동을 참을 수 있을 리 없었다. 아니나 다를까, 건우가 수호를 향해 무시무시한 기세로 돌진했다.

"야, 박수호!"

미처 말릴 틈도 없었다. 물론 말릴 생각도 없었지만 말이다.

태평하게 아이스크림을 먹던 수호가 깜짝 놀라 아이스크림을 떨어뜨렸다. "아이씨." 하고 얼굴을 찌푸린 수호가 건우를 노려보았다.

"건우야, 진정해!"

달려가는 기세 그대로 날아 차기를 할 것 같은 건우 기세에 나와 도윤이 후다닥 뛰어갔다. 용케 참을성을 발휘해 수호 앞에서 멈춰 선 건우가 땅에 떨어진 아이스크림을 가리키며 큰소리쳤다.

"너 방금 그 아이스크림 계산도 안 하고 먹었지? 그거 도둑질이야!"

"네가 무슨 상관이야? 맞고 싶어?"

수호가 반도 먹지 않은 아이스크림을 떨어뜨려서 잔뜩 짜증 난 얼굴로 가슴을 쑥 내밀어 건우를 위협했다. 하지만 건우는 자기보다 큰 수호 앞에서도 겁먹거나 물러서지 않았다. 오히려 도윤이 벌벌 떨며 건우의 한쪽 팔을 붙들었다.

"그, 그만해, 건우야."

　사실은 나도 무서웠다. 수호는 나보다 덩치가 훨씬 컸기 때문이다. 그러나 나는 주먹을 꽉 쥐고, 건우 옆에 서서 같이 수호를 쏘아보았다. 수호의 행동이 잘못되기도

했지만, 건우에게 뒤지고 싶지 않기도 했다.

"건우 말이 맞아. 너 계산 안 하는 거 우리가 다 봤어. 그건 나쁜 짓이야."

"나쁜 짓 아니거든? 그리고 너희가 뭔데 나를 지켜 봐?"

수호가 당당하게 우리를 내려다봤다. 건우 뒤에 있던 도윤이 티끌 같은 용기를 끌어모아 소리쳤다.

"도, 도둑질은 나쁜 짓 맞아."

물론 목소리가 너무 작아서 수호가 들었는지는 알 수 없지만 말이다. 대신 건우가 한발 앞으로 나서며 따끔하게 쏘아붙였다.

"돈을 내지 않고 아이스크림을 먹는 건 도둑질이야. 그건 하면 안 되는 행동이라고!"

그 말에 수호가 가소로운 표정을 지었다.

"여기 우리 할머니 가게거든? 할머니가 먹고 싶으면 그냥 가져가서 먹으라고 했어!"

"어?"

믿을 수 없는 진실 앞에서 우리는 할 말을 잃은 채 난처한 표정으로 눈알만 데굴데굴 굴렸다.

"할머니, 가게라고?"

내가 머뭇거리며 묻자, 수호가 "그래." 하고 대답했다. 그러다 눈을 부라리며 우리를 한 명씩 째려보았다.

"그런데 너희는 왜 여기 있어? 내가 돈을 내나 안 내나 지켜본 거야? 소문이 사실인지 아닌지 확인하려고?"

"아니, 그런 게 아니라……."

"아니면 내가 아이스크림을 훔쳐 먹는다는 소문을 낸 게 너희야?"

"아니야, 우리는 그런 소문 안 냈어!"

나는 두 손을 저으며 도움을 청하듯 뒤돌아보았다. 그러나 건우와 도윤은 이미 줄행랑치고 없었다. 심지어 건우는 초능력을 사용했는지 그림자조차 보이지 않았다. 헐레벌떡 도망가는 도윤의 뒷모습만 눈에 들어왔다.

나는 꽉 쥔 주먹을 부들부들 떨며 분노에 가득 차 고함질렀다.

"당장 거기 안 서, 이 배신자들! 한 번도 아니고 두 번씩이나!"

"사, 살려 줘……!"

힐끔 뒤돌아보던 도윤의 얼굴이 새파랗게 변했다. 겁에 질린 도윤은 마치 괴물에게 쫓기는 사람처럼 열심히 도망갔다. 수호가 아니라 나에게 잡히지 않으려고 전력을 다했다.

이번에는 기필코 놓치지 않겠다고 다짐하며, 나는 후다닥 달려가 도윤의 뒷덜미를 낚아챘다.

"으아아악!"

도윤의 비명이 하늘로 길게 울려 퍼졌다.

"건우야, 도와줘!"

하지만 건우는 끝내 나타나지 않았다. 도윤이 "미, 미안해, 채아야……." 하고 중얼거렸지만, 이미 내 손은 도윤의 팔을 꺾고 있었다.

"항복, 항복!"

방금까지 으름장을 놓던 수호가 괴물처럼 변한 내 모습에 슬그머니 자전거를 타고 사라졌다.

5. 달려라, 번개!

"바로 그 순간에 내가 넘어지면서 발리슛을……."

왁자지껄하게 떠들면서 등교하던 건우가 교실에 있
던 나와 눈이 마주쳤다. 건우는 하던 말을 멈추고 어색
하게 웃어 보였다. 그리고 한 손을 들어 천천히 좌우로
흔들었다.

"안녕, 반장."

'야, 오채아!'가 아니라 '반장'이라고 부르는 걸 보니,
찔리는 게 있는 모양이었다. 나는 두 눈을 가늘게 뜨고
건우를 노려보았다. 도윤이 내 눈치를 살피며 "채아 힘
진짜 세더라. 나 어제 죽는 줄 알았어." 하고 속삭였다.

"아하하."

건우가 뒤통수를 긁적이며 웃었다. 나는 따라 웃지 않았다. 그 대신 음산한 목소리로 건우를 불렀다.

"지, 건, 우."

"미안해. 어젠 수호를 오해한 내가 너무 부끄러워서 나도 모르게 도망치고 말았어."

건우의 진심 어린 사과에 화가 스르르 풀렸다. 역시 아빠의 말이 옳았다. '고마워'와 '미안해'는 사람과 사람 사이의 관계를 부드럽게 만드는 마법의 주문이 분명했다. 어젯밤, 잠들기 전까지 어떻게 건우를 응징할까 고민했던 게 소용없어지고 말았다.

"그러게, 누가 사정도 모른 채 그렇게 뛰쳐나가래?"

내 핀잔에 건우가 얌전히 고개를 끄덕였다.

"앞으론 행동하기 전에 한 번 더 생각할게."

평소답지 않은 건우의 반응에 남아 있던 화가 모조리 누그러졌다. 도윤이 두 눈을 크게 뜬 채 나를 보았다.

"채아야, 이렇게 넘어가는 거야? 건우 헤드록 걸어서 목 졸라야지."

"무슨 말이야? 누가 들으면 내가 격투기 선수인 줄 알겠다. 나는 친구와 갈등이 생기면 대화로 해결하는 사람이라고."

내 말에 도윤이 무척 억울한 표정을 지었다. 슬그머니 자신의 목을 문지르던 도윤에게 마침 생각났다는 듯 물었다.

"필통은 아직 못 찾았대?"

"응."

소민과의 소통을 담당하고 있는 도윤이 시무룩한 얼굴로 고개를 끄덕였다. 두 번의 미행은 모두 실패로 끝났다. 게다가 수호를 둘러싼 소문도 오해에서 비롯된 것이었다.

'이래서 가짜 뉴스를 조심해야 하는데. 이번엔 내가 너무 성급했어.'

초능력 어벤저스의 첫 번째 의뢰는 생각지도 못한 난관에 부딪혔다. 지안과 수호는 범인이 아닌 것 같았고, 남은 사람은 하린뿐이었다. 만약 하린이도 범인이 아니라면 우리는 다시 처음으로 돌아가야 했다.

"오늘은……."

내가 무슨 말을 하려고 할 때, 복도가 웅성거리며 반

아이들이 우르르 교실로 들어왔다.

"으아, 더워. 빨리 방학하면 좋겠다."

"내 말이. 엄마가 방학하면 수영장 가자고 했는데."

"그래도 6학년 교실은 1층에 있어서 다행이야. 3학년
은 4층까지 올라가야 하잖아."

"히히. 우리가 제일 대장이니까 그렇지. 아! 건우야,
안녕. 어제 축구 시합 나갔어?"

"나갔지. 거기에서 내가 발리슛을⋯⋯."

반 아이들에게 우리가 초능력 어벤저스인 걸 들켜서
는 안 된다. 건우와 도윤은 자연스럽게 축구 이야기를
하며 자리로 걸어갔다.

나는 동태를 파악할 겸 옆 반 교실을 기웃거렸다. 그
때 누군가 등 뒤에서 내 어깨에 손을 올렸다.

"왁!"

"으악, 깜짝이야!"

불에 덴 고양이처럼 그 자리에서 팔짝 뛰어 오른 나는
콩닥거리는 심장을 누르며 뒤를 돌아보았다. 가방을 메
고 교실로 들어오던 다연이 "히히." 웃으며 장난스러운
표정을 지었다.

"무슨 일이야? 나 만나러 왔어?"

"응? 으응, 뭐."

소민이 뭘 하고 있는지 궁금해서 염탐하러 왔지만, 사실대로 말할 수는 없었다. 나는 중요한 이야기가 아닌 척 슬그머니 물었다.

"소민이는 아직 필통 못 찾았지?"

"응. 근데 다들 말은 안 하지만……."

다연이가 별안간 목소리를 낮추었다. 교실을 힐끔 쳐다본 다연이 내게 귓속말을 했다.

"수호가 훔쳐 간 것 아니냐고 생각해. 무인 가게에서 돈도 안 내고 과자를 먹는 걸 본 애가 여럿 있거든. 그것도 도둑질이잖아. 하나를 보면 열을 안다는 말도 있으니까."

잔뜩 긴장하고 있다가 푸시시 김이 빠졌다. 허리를 바로 세운 내가 머쓱한 표정으로 수호의 편을 들었다.

"그 가게, 수호 할머니가 주인이래. 그래서 돈 안 내고 먹는 거래."

"정말?"

괜히 수호를 의심한 게 멋쩍었는지 다연이 얼굴을 살

짝 붉혔다. 그러다 마침 생각났다는 듯 "그 얘기 들었어?" 하며 화제를 바꾸었다.

"무슨 얘기?"

"우리 학교에 유기견이 돌아다닌다는 얘기."

"아아."

그러고 보니 건우도 그런 말을 했고, 경비 할아버지도 학교 안에서 개를 조심하라고 했다. 다연까지 알고 있는 걸 보면 정말로 유기견이 학교 안을 돌아다니긴 하는 모양이었다.

"근데 엄청 겁이 많고 소심한 개래."

"그걸 어떻게 알아?"

"소문은 쫙 퍼졌는데, 직접 개를 본 아이는 거의 없거든. 우리 반 선생님이 어제 개 찾는다고 학교를 싹 다 뒤졌는데도 못 찾으셨대."

"대굴빡 선생…… 앗!"

나도 모르게 대굴빡 선생님이라는 말이 나왔다. 서둘러 입을 막았지만, 다연은 이미 도끼눈으로 나를 째려보았다.

"그렇게 부르지 마. 우리 선생님이 얼마나 좋은 분인

데. 혹시 우리 학교 애가 개한테 물릴까 봐 누가 시키지도 않았는데 유기견을 찾아다니셨다고."

"으응, 미안."

이게 다 건우 때문이다. 건우가 매일 '대굴빡 선생님'이라고 해서 나도 그 별명이 익숙해진 모양이었다. 속담 중에 "먹을 가까이하면 검어진다."는 말이 있다. 검은 먹물을 가까이하면, 나도 물들어서 검어진다는 뜻이다. 그러니까 건우가 먹물이고…….

내가 거기까지 생각했을 때, 다연이 찬바람만 남긴 채 교실로 들어갔다. 복도에 우두커니 서 있던 나는 주먹을 불끈 쥐었다. 누그러졌던 화가 다시 치밀어 올랐다.

"지건우!"

"나? 왜?"

쿵쿵 발소리를 내며 교실로 들어가자, 건우가 영문 모를 표정으로 나를 보았다.

"내가 바른말 쓰라고 했지!"

"으응? 갑자기 그게 무슨 말이야. 그리고 왜 그렇게 무서운 얼굴로 쫓아오는 건데."

"거기 서!"

"못 서!"

때아닌 추격전이 벌어졌다. 어쩐지 도윤이 흐뭇한 표
정으로 우리를 지켜보고 있었다. 등 뒤에서 "채아야, 혜
드록!" 하고 소리치는 도윤의 응원이 들린 듯도 했다.

"또 너희냐?"

교문 앞에서 머리를 맞대고 수군거리던 우리는 불쑥
날아온 목소리에 천천히 고개를 들었다. 경비 할아버지
가 인자한 미소로 우리를 쳐다보고 있었다.

"안녕하세요."

건우가 씩씩하게 인사했다. 어느새 건우의 등 뒤에 숨은 도윤이 고개만 빼꼼 내밀고 작게 인사했다.

할아버지가 "후유." 하고 한숨을 내쉬었다.

"아직 학교 안에 돌아다니는 개를 못 잡았다. 괜히 어슬렁거리다가 개랑 마주칠라. 얼른 돌아가거라."

"예!"

"안녕히 계세요."

"오냐. 내일 보자."

우리는 집으로 가는 척 교문을 나섰다. 그리고 경비 할아버지의 시야가 닿지 않는 곳에서 또다시 이마를 맞대고 숙덕거렸다.

도윤이 걱정스러운 목소리로 말했다.

"엄청 크고 사나운 개면 어쩌지? 나는 건우 같은 초능력도 없는데."

"넌 일 분 뒤의 미래를 볼 수 있잖아. 문제는 나야."

내가 시무룩하게 대꾸하자 찔리는 게 많은 건우가 얼른 위로했다.

"반장은 동물과 대화할 수 있잖아. 대화로 설득하면 되지."

꼭 이럴 때만 반장이다. 뾰족한 눈으로 건우를 흘겨보던 내가 손뼉을 짝 쳤다. 그 소리에 건우와 도윤이 움찔 놀랐다.

"네 말이 맞아!"

"응? 뭐가?"

"유기견을 찾아서 대화로 설득해야겠어. 선생님도 경비 할아버지도 유기견 때문에 걱정이 많으시잖아. 게다가 만약 유기견이 우리 학교 애를 물기라도 하면 정말 큰일이니까. 이럴 때 내 초능력을 사용해야지."

고개를 끄덕이던 도윤이 끔뻑이는 눈으로 나를 바라보았다.

"그럼 소민이 필통은 어떻게 해?"

"음……. 그건 그것대로, 이건 이것대로 같이 해결하면 어떨까?"

깍지 낀 손을 뒤통수에 가져다 댄 건우가 코를 찡긋거렸다.

"일단 오늘은 하린이를 미행하고, 내일은 유기견을 찾으러 돌아다니면 되겠다. 유기견을 봤다는 애들한테 목격한 장소가 어디인지도 물어보고."

"오오, 웬일로 그럴듯한 의견을 내는 거야?"

내 말에 건우가 우쭐한 표정을 지었다.

"나도 가끔은 머리를 쓴다고."

"가끔?"

내가 킥킥거리며 되물을 때, 도윤이 두 눈을 똥그랗게 떴다. 그리고 건우의 등 뒤에 몸을 숨기며 "하린이다." 하고 속삭였다. 하린이 막 교문을 나서고 있었다.

"초능력 어벤저스, 출동!"

건우가 나지막하게 외쳤다. 우리는 비장한 표정으로 하린을 미행하기 시작했다. 세 번째 미행이라 그사이 실력이 늘었는지 손발이 척척 맞았다. 가게 앞에 세워 둔 간판과 쓰레기통, 골목 사이사이에 몸을 숨기며 하린의 뒤를 바짝 쫓았다.

"헉!"

갑자기 멈춘 하린이 휙 하고 뒤를 돌아보았다. 우리는 당황해서 편의점 앞 의자에 우당탕탕 앉았다. 하린이 우리 쪽으로 걸어왔다. 도윤의 얼굴이 하얗게 질렸고, 건우는 어색한 표정으로 하늘을 올려다보았다. 내 심장이 콩닥콩닥 빠르게 뛰었다.

"드, 들켰나?"

건우가 떨리는 목소리로 중얼거렸다. 나는 입술을 꾹 다문 채 복화술로 "쳐다보지 마. 딴 데 봐, 딴 데." 하고 중얼거렸다. 하린이 점점 가까이 왔다. 도윤은 금방이라도 울 것처럼 표정을 일그러뜨렸다.

그런데 그 순간.

딸랑.

하린이 편의점으로 들어갔다. 그제야 우리는 "후유." 하고 한숨을 내쉬며 테이블 위에 엎드렸다. 잠시 후, 편의점에서 나온 하린이 초콜릿을 먹으며 다시 가던 길을 갔다. 눈짓을 주고받은 우리는 재빨리 골목 안으로 뛰어가며 미행을 계속했다.

행동 대장처럼 앞장서서 가던 건우가 별안간 그 자리에 멈춰 섰다.

내가 건우의 어깨너머를 기웃거리며 물었다.

"또 무슨 일인데?"

"쟤, 소민이 아니야?"

"소민이?"

나와 도윤이 건우의 손가락을 따라 시선을 돌렸다. 소

민이 편의점 앞에서 주위를 두리번거리고 있었다. 마치 뭔가를 찾는 사람처럼.

"또 뭘 잃어버린 걸까?"

도윤이 고개를 갸웃거리며 물었다.

"글쎄."

나는 어깨를 으쓱했다. 그렇다고 소민에게 말을 걸 수는 없었다. 소민은 우리의 정체를 몰랐기 때문이다. 이상한 생각이 들어 고개를 갸웃거렸다.

"그런데 소민이 집은 여기서 반대 방향인데."

"그래?"

"응. 다연이가 그러는데 한 달 전에 이사 갔대."

"이사 갔는데 왜 전학은 안 갔어?"

나는 천천히 고개를 돌렸다. 어디서든 보일 만큼 키가 큰 아파트가 거기 있었다. 내가 손가락으로 까마득하게 높은 아파트를 가리켰다.

"저기, 새로 생긴 아파트야. 같은 동네라서 전학은 안 갔지. 소민이가 평소에도 지안이한테 자랑을 많이 했나 보더라고. 새 아파트에 이사 간 거랑 새 필통 산 거랑."

"아아, 그래서 둘이 싸웠구나."

이해할 만하다는 듯 건우가 고개를 끄덕였다. 편의점 주위를 두리번거리던 소민이 이윽고 어깨를 축 늘어뜨린 채 왔던 길을 돌아갔다.

"가자. 다음엔 저기 가로등 뒤에 숨으면 될 것 같아."

건우가 말을 마치자마자, 먼저 튀어 나갔다. 그제야 지금 하린을 미행하던 중이라는 사실이 떠올랐다. 소민에게 신경 쓸 때가 아니었다.

"잠깐만, 같이 가."

가로등을 향해 뛰려다 멈칫했다. 함께 건우의 뒤를 졸졸 쫓아가야 할 도윤이 조용했기 때문이다.

"도윤아, 뭐……."

무심코 뒤돌아보던 나는 두 눈을 크게 떴다. 도윤이 초점 없는 눈으로 허공을 응시하고 있었다. 아마도 도윤은 불쑥 찾아온 일 분 뒤의 미래를 보는 중일 것이다.

나는 다시 골목으로 돌아가 도윤의 옆을 지켰다.

마침내 도윤의 눈동자에 초점이 돌아왔다.

"무슨 미래를 봤어?"

가로등 뒤에 숨어 있던 건우가 씩씩거리며 달려왔다.

"도대체 왜 안 오는 거야. 이러다 하린이 놓치겠다고!"

그때, 도윤이 겁에 질린 표정으로 "으아아!"하고 비명을 질렀다. 머리를 감싸 쥔 도윤이 제자리를 뱅글뱅글 돌았다. 나와 건우는 깜짝 놀란 표정으로 도윤의 어깨를 잡았다.

"왜 무슨 일인데 그래?"

"괜찮아?"

제자리에 우뚝 멈춰 선 도윤이 우리를 보았다. 안경알 너머의 눈동자가 바들바들 떨렸다.

"하, 하린이가 오토바이에 치였어!"

"뭐?"

나와 건우의 눈이 마주쳤다. 그 순간, 등 뒤에서 요란한 오토바이 소리가 들렸다.

부르릉.

나는 반쯤 입을 벌린 채 뒤돌아보았다. 오토바이 한 대가 속도를 줄이지 않고 달려왔다. 그 앞쪽으로 스마트폰을 하느라 땅만 보며 가고 있는 하린의 뒷모습이 보였다. 그때였다.

"달려라, 번개!"

"잠깐만!"

내 말이 미처 끝나기도 전에 건우가 총알처럼 뛰어나 갔다. 눈앞에서 한 줄기 바람이 쌩하고 불었다. 나도 모르게 눈을 감았다. 오토바이 소리가 내 뺨을 스치고 지나갔다. 곧이어 쿵 하는 소리가 났다. 동시에 내 심장도 덜컹 내려앉았다.

'안 돼. 안 돼, 건우야!'

"꺄아악!"

날카로운 비명이 들렸다. 심장이 쿵쾅쿵쾅 아주 세차게 뛰었다.

"애들이 오토바이에 치였어요!"

누군가의 외침에 감고 있던 눈을 떴다. 가로수에 처박힌 오토바이가 보였다. 그 옆에 사람들이 동그랗게 모여 있었다.

"어, 어떡해……."

도윤은 눈물을 글썽이며, 하얗게 질린 얼굴로 바들바들 떨었다. 나는 도윤의 손을 꼭 잡았다가 놓았다.

"내가 가 볼 테니까 넌 여기 있어."

사실은 나도 무서웠다. 건우와 하린에게 무슨 일이 생겼을까 봐 두려웠다.

그러나 초능력으로 끔찍한 장면을 먼저 목격한 도윤 앞에서 나까지 겁에 질린 티를 낼 수는 없었다.

나는 숨을 크게 들이쉬고 사고가 난 곳으로 달려갔다. 한 아저씨가 오토바이 운전자에게 화를 내고 있었다.

"오토바이를 타고 인도로 달리면 어쩌자는 거요?"

"죄송합니다."

"나한테 죄송할 게 아니라 이 애들한테 사과해야지!"

쪼그리고 앉아 있던 아줌마가 "괜찮니?" 하고 물었다.

"건우야!"

나는 사람들 사이를 파고들었다. 말썽꾸러기에 장난이 심하더라도 건우는 초능력 어벤저스 동료였다. 그리고 내 친구이기도 했다. 건우가 다치는 건 원치 않았다. 나를 열받게 해도 평소처럼 씩씩하기를 바랐다.

바닥에 쓰러진 건우의 두 다리가 보였다. 눈앞이 뿌옇게 흐려졌다. 나도 모르게 눈물이 차올랐다. 내가 소리 내어 울려는 찰나.

"아야야."

건우가 엉덩이를 문지르며 일어났다. 건우는 자신을 둘러싼 사람들을 쳐다보며 씩 웃었다.

"다행히 오토바이와 부딪히기 전에 피했어요. 넌 괜찮아, 하…… 음?"

하린이 이름을 부르려던 건우가 내 표정으로 보고 입을 다물었다. 그러고는 두 눈을 동그랗게 떴다.

"반장, 울어?"

"울기는 누가 운다고 그래!"

괜히 머쓱해진 내가 고함을 질렀다. 건우가 내 얼굴을 빤히 쳐다보다가 머리를 긁적이며 멋쩍게 웃었다. 하린을 일으키던 아줌마가 "아이고, 괜찮니?" 하고 물었다. 하린이 새파랗게 질린 얼굴로 고개를 끄덕였다.

"저도, 괜찮아요. 엉덩이가 아프기는 하지만."

"오토바이에 치이는 것보다는 넘어지는 게 나을 것 같아서 몸을 날렸는데."

"응, 고마워. 다치진 않았어. 으아, 근데 핸드폰 액정 모서리가 깨졌다."

아줌마가 하린이 옷에 묻은 먼지를 털며 "다행이다. 다행이야. 핸드폰이야 고치면 그만이지만, 사람은 못 고쳐." 하고 중얼거렸다.

"그럼 이만."

오토바이 운전자가 슬그머니 돌아섰다. 조금 전에 화를 내던 아저씨가 운전자의 뒷덜미를 강하게 낚아챘다.

"가긴 어딜 가. 경찰에 신고했으니까 여기서 기다려."

"아니, 애들도 안 다쳤다고 하는데……."

오토바이 운전자가 억울한 표정으로 말했다. 아줌마가 벌떡 일어나며 삿대질을 했다.

"사람만 안 다치면 다야? 오토바이로 인도를 달린 것부터가 문젠데! 애들이 용케 피했으니 망정이지, 자칫했다간 크게 다칠 뻔했다고!"

때마침 멀리서 경찰차 사이렌 소리가 들렸다. 나는 안도의 한숨을 내쉬며 뒤돌아보았다. 도윤이 훌쩍이며 손등으로 눈물을 닦고 있는 모습이 보였다. 그제야 나도 온전히 마음이 놓였다.

잠시 후, 경찰에게 부모님 연락처를 넘긴 하린이 건우를 돌아보았다.

"고마워."

손가락으로 코끝을 쓱 문지른 건우가 말했다.

"길을 걸을 땐 스마트폰 보면 안 돼. 위험해."

"알았어. 이번에 확실히 깨달았으니까 다음부터는 절대 길 걸으면서 핸드폰 안 볼게."

하린이 멋쩍은 표정으로 대답했다. 경찰 아저씨도 돌아가고, 구경꾼도 흩어졌다. 하린이 손을 흔들고 가자, 남은 건 우리 셋뿐이었다.

"정말 괜찮아? 다친 데는 없어? 교통사고는 나중에 아플 수도 있대. 집에 가서 아프면 엄마한테 꼭 말해."

"알았어."

"근데 대단하다. 어떻게 그 순간에 그렇게 빨리 움직일 수 있었어? 난 생각도 못 했는데. 네가 아니었으면 하린이는 크게 다쳤을 거야. 네가 하린이를 구한 거야. 정말로 초능력 어벤저스 같았어."

내 칭찬을 들을 거라곤 생각하지 못했는지 건우가 두 눈을 동그랗게 떴다.

"나도 채아 네가 울 줄은 몰랐어."

"안 울었거든?"

건우를 걱정한 게 부끄러워 나도 모르게 톡 하고 쏘아붙였다. 조금 전까지 쑥스러운 표정을 짓던 건우가 대번에 쌍심지를 켰다.

"운 거 내가 다 봤거든?"

"안 울었다니까?"

"울었다고. 눈물이 뚝뚝 떨어졌는데."

"콧물이야!"

"넌 콧물이 눈에서 나오냐?"

"응! 난 눈에서 콧물이 나와!"

우리가 유치하게 싸우던 그때, 도윤이 멍한 표정으로

허공을 올려다보았다. 번뜩 정신을 차린 도윤이 외쳤다.

"개, 개다!"

"뭐?"

도윤이 고개를 휙 돌렸다. 나도 덩달아 고개를 돌렸다. 우리 등 뒤에는 아무도 없었다. 만약 도윤이 미래를 본 것이라면 일 분 뒤에는 개가 이곳에 올 것이다. 불현듯, 예전 기억이 떠올랐다. 빨간 목줄을 한 사나운 개에게 쫓겼던 기억이.

그때는 건우와 도윤이 나만 두고 도망을 갔다. 오늘은 내가 가장 먼저 도망가야겠다.

"으, 으악! 같이 가!"

도윤이 허둥지둥 내 뒤를 쫓아왔다.

"야, 같이 가! 아까 하린이 구한다고 초능력 다 썼단 말이야!"

눈을 끔뻑이던 건우는 "왕왕!" 하는 소리에 뒤늦게 달리기 시작했다.

"으아아아!"

건우의 비명이 내 뒤통수를 때렸다. 나는 입을 가리고 킥킥 웃음을 터뜨렸다.

"아하하하!"

웃음소리가 점점 더 커졌다. 등 뒤에서 도윤이 나를
따라 웃는 소리가 들렸다.

6. 밝혀진 정체

다음 날, 건우는 평소보다 냉랭하게 나를 대했다. 이유는 알고 있었다. 어제 건우를 챙기지 않고 도망간 탓이다.

수업이 끝나자마자 건우가 초능력 어벤저스를 소집했다. 우리는 사람들이 오지 않는 계단 밑에 동그랗게 모여 섰다. 건우가 배신감 가득한 목소리로 말했다.

"이럴 거면 초능력 어벤저스를 해체하는 편이 낫지 않아?"

건우의 핀잔에 나와 도윤은 허공을 쳐다보며 딴청을 피웠다.

"매번 자기만 살려고 도망가는데, 어떻게 팀이라고 할 수 있어? 축구 감독님이 우리한테 항상 하시는 말씀이 있어. 나보다 팀이 먼저라고. 팀의 승리를 위해서는 내가 희생할 수 있어야 한다고 말이야."

"그러는 너도 수호랑 나만 두고 도망갔잖아."

어차피 도긴개긴이었다. 뜨끔한 표정을 짓던 건우가 입술을 삐죽이며 대꾸했다.

"그건 이미 사과했잖아."

"나도 어제 일은 미안해."

두 눈을 가늘게 뜨고 나를 노려보던 건우가 하는 수 없다는 듯 고개를 끄덕였다. 그러다 "아무래도 안 되겠어."라고 말하며 팔짱을 꼈다.

건우의 눈치를 살피던 도윤이 물었다.

"뭐가?"

"초능력 어벤저스의 규칙을 정해야겠어."

"규칙?"

이번에는 내가 물었다. 건우가 두 눈에 바짝 힘을 준 채 나와 도윤을 차례로 노려보았다.

"동료를 버리고 도망가지 않는다! 동료를 버리고 도

망가면……."

"도망가면?"

"어, 어떻게 되는데?"

나와 도윤이 마른침을 꿀꺽 삼켰다. 건우가 마치 귀신 이야기를 하는 것처럼 으스스한 목소리로 선언했다.

"초능력 어벤저스는 그날로 끝인 거지. 왜? 지킬 자신 없어?"

건우가 떠보듯이 물었다. 나는 곧장 턱을 치켜들었다.

"자신 없기는 누가 없대? 좋아, 그렇게 하자!"

"으응. 이제 혼자 도망가지 않을게. 우린 팀이니까."

도윤이 제법 결연하게 대답했다. 나는 그런 도윤을 보 며 고개를 갸웃거렸다.

"도윤이 너 어제는 정신이 없어서 몰랐는데 하루에 초능력을 두 번이나 쓸 수 있어? 하린이가 오토바이에 치이는 거랑 개가 쫓아오는 거, 두 번이나 미래를 봤잖 아."

"헤헤."

콧잔등을 긁적이며 쑥스럽게 웃던 도윤이 안경알 너 머의 눈을 빛냈다.

"집중하는 훈련을 열심히 했더니, 초능력이 진화했나 봐."

"그랬어?"

"응. 건우도 초능력으로 달릴 수 있는 거리가 늘어났고 채아도 하루에 동물과 대화할 수 있는 횟수가 늘어났는데, 나만 그대로라서 몰래 연습했어."

"대단하다."

"뭘, 그 정도는 아니야."

내 칭찬에 도윤이 얼굴을 붉히며 부끄러워했다. 나는 주머니에서 스마트폰을 꺼내 시간을 확인했다.

"나 학원 가기 전까지 삼십 분밖에 안 남았어. 그 전에 빨리 유기견을 찾자."

"무턱대고 찾는 것보다 채아 네가 동물들한테 물어보는 편이 빠르지 않겠어? 사람들 눈은 피해 다녀도, 동물들 눈까지 피해 다니진 못했을 거야."

건우의 말도 일리는 있었다. 우리는 곧장 건물 뒤로 갔다. 뒤뜰은 야트막한 산과 연결되어 있었다. 어쩌면 유기견은 정문을 통과하지 않고, 산에서 내려왔는지도 모르겠다.

소나무 가지 위에 앉은 까마귀 한 마리가 우리를 내려
다보고 있었다. 고개를 젖힌 내가 까마귀에게 말을 걸
었다.

"혹시 이곳을 돌아다니는 개 한 마리 보지 못했어?"

학교 근처에 사는 까마귀는 내 소문을 들었는지, 갑자기 말을 걸어도 놀라지 않았다. 접고 있던 날개 하나를 편 까마귀가 어딘가를 가리켰다.

"조금 전에 저쪽에서 어슬렁거리며 가는 걸 봤어."

"고······. 윽."

고맙다고 하려던 나는 건우가 옆구리를 쿡 찌르는 바람에 입을 다물었다. 건우가 눈을 부라리며 으름장을 놓았다.

"이럴 줄 알았다니까. 쓸데없는 말은 하지 말랬잖아. 이제 세 번밖에 안 남았다고. 유기견을 찾기 전까지는 아껴 둬야지. 개를 설득해야 하잖아."

"아, 맞다. 좀 전에 저쪽으로 가는 걸 봤대."

우리는 앞서거니 뒤서거니 하며 까마귀가 가리킨 곳으로 향했다. 덤불이 무성하게 자란 장소가 보였다. 딱 보기에도 덤불 뒤에 무언가 있을 것 같았다. 그건 건우와 도윤도 마찬가지였는지, 우리는 긴장된 눈으로 서로를 쳐다보았다. 꿀꺽, 도윤이 침을 삼키는 소리가 무척 크게 들렸다.

바스락.

수풀이 흔들렸다. "히익!" 도윤이 그 자리에서 펄쩍 뛰었고, 나도 한 걸음 뒤로 물러섰다.

"이, 이게 뭐가 무섭다고 그래?"

건우가 용기 있게 앞으로 나섰다. 그리고 친절한 목소리로 "이리 와, 멍멍아." 하고 말했다. 덤불이 흔들리며, 그 사이로 까만 눈동자가 나타났다. 반질반질한 눈동자는 겁을 먹은 것 같기도 했고, 혹은 우리를 반가워하는 것 같기도 했다. 소문처럼 전혀 위협적이거나 사납지는 않았다.

"조, 조심해."

도윤이 내 등에 딱 붙어서 건우를 향해 경고했다. 이제는 내가 나설 차례였다. 동물과 대화할 수 있는 초능력자로서 언제까지 겁먹고 있을 수는 없었다. 나는 심호흡을 크게 하고, 한 걸음 앞으로 나갔다. 뭉치와 똑같은 눈동자를 보자, 어쩐지 친근한 느낌이 들기도 했다.

"집이 어디야?"

내 말에 까만 눈동자가 조금 더 커졌다. 사람과 대화가 통하는 게 놀라운 모양이었다. 유기견이 덤불 뒤에 몸을 숨긴 채 시무룩한 목소리로 대답했다.

"주인님이 나만 두고 이사 갔어."

내가 건우와 도윤에게 유기견의 말을 통역해 주자, 건우가 씩씩거리며 화를 냈다.

"세상에 그런 사람이 어디 있어? 이사 간다고 키우던 개를 버리다니! 그런 사람은 동물을 키우지 못하게 해야 해!"

"맞아. 책임감 없는 사람은 반려동물을 키워선 안 돼."

그제야 경계심이 풀렸는지 도윤이 슬쩍 한 걸음 다가 갔다. 그리고 개를 보며 안쓰러운 표정을 지었다.

"안됐다."

나는 유기견의 눈높이에 맞춰 천천히 몸을 숙였다. 까만 눈동자가 건우와 도윤을 보다가 내게 꽂혔다.

"네가 학생들을 놀라게 할까 봐 어른들이 널 찾고 있어."

"난 그럴 생각이 전혀 없었어."

유기견이 풀 죽은 목소리로 중얼거렸다. 나는 한 걸음 더 다가가 가만히 손을 뻗었다. 경계심 어린 눈으로 내 손을 보던 유기견은 사람의 손이 닿자, 기분 좋은 듯 눈

을 감았다. 그리고 덤불에서 한 걸음 밖으로 나왔다.

나는 부드럽게 유기견의 머리를 쓰다듬으며 생각에 잠겼다. 내게는 마지막 한 번의 기회가 남아 있었다. 하고 싶은 말은 많았지만, 신중해야 했다.

'무슨 말을 하는 게 좋을까? 우리를 따라오는 게 좋겠다고 말해야겠지? 유기견 센터에 가면 좋은 주인을 만날 수 있다고.'

마침내 생각을 끝낸 내가 입을 열려는 순간, 건우가 "어?" 하고 덤불을 가리켰다. 타이밍을 빼앗긴 내가 뾰족한 눈으로 건우를 노려보았다.

"진짜 중요한 말을 하려고 했는데, 네가 갑자기 그러면……."

"저게 뭐야?"

"뭐가?"

건우의 어리둥절한 표정을 보고서야, 나도 고개를 돌렸다. 벌어진 덤불 사이로 분홍색 무언가가 보였다. 나도 모르게 성큼, 한발 다가섰다. 유기견은 나를 말려야 할지 말아야 할지 결정하지 못한 듯 낑낑거리는 소리만 냈다.

그곳은 아마 유기견의 잠자리였던 모양이다. 마른풀
이 방석처럼 동그란 모양으로 있었다. 제법 따뜻하고
안락해 보였다.

하지만 지금은 그게 중요한 게 아니었다. 나는 허리를

숙여 보금자리 한가운데 있는 것을 집어 올렸다. 요즘 인기 많은 캐릭터가 그려진 필통이었다.

"그, 그건 필통이잖아. 거기 그려져 있는 캐릭터는 보고."

"혹시 소민이 필통 아니야?"

도윤과 건우가 어리둥절한 표정으로 눈만 끔뻑였다. 나는 낑낑거리는 유기견을 쳐다보았다. 그리고 마지막 초능력을 사용했다.

"너……."

까만 눈동자가 나를 향했다.

"이름이 뭐야?"

우리 초능력 어벤저스는 임시 아지트인 편의점 앞 파라솔 그늘에 앉아 있었다. 그 어느 때보다 심각한 표정으로 말이다. 그중에서 가장 심각한 표정의 내가 먼저 입을 열었다.

"내 생각엔 이 유기견……. 아니, 백구가 소민이 개인 것 같아."

힐끗. 나는 바닥에 앉아 있는 유기견을 바라보았다. 시선을 느낀 백구가 고개를 들었다. 편의점에서 산 소시지 하나를 얻어먹고 부쩍 내가 좋아졌는지, 백구가 내 다리에 까만 코를 문질렀다. 축축한 느낌이 간지러워 나도 모르게 백구의 머리를 쓰다듬었다.

사실 뭉치도 소시지 하나에 영혼을 팔 정도로 간식을 좋아했다. 방금 내가 준 간식을 먹고도 아저씨가 오면 배가 고픈 듯 낑낑거려서 뼈다귀 간식 하나를 더 얻어먹곤 했다. 그럴 때면 연기자가 따로 없었다.

"왜?"

"지금부터는 내 추리야. 사실일 수도 있고, 아닐 수도 있다는 뜻이야."

"계속해."

건우가 내 뒷말을 재촉했다. 나는 백구의 머리를 쓰다듬으며 말을 이었다.

"소민이가 한 달 전에 새로 생긴 아파트로 이사 갔다고 했잖아. 그때 백구를 버리고 간 거야. 우연히 학교에 들어온 백구가 창문이 열린 텅 빈 교실에 들어갔다가 주인 냄새가 나는 필통을 물고 간 거지. 6학년 교실은 1층에 있는 데다가 옆 반은 건물 가장 끝에 있어서 백구가 사람들 눈에 띄지 않고 들어갈 수 있지 않았을까?"

"말도 안 돼! 소민이가 백구를 버리고 갔다고? 용서하지 않을 거야!"

건우가 분통을 터뜨리며 자리에서 벌떡 일어났다. 나는 흥분한 건우의 팔을 잡아당겼다.

"말했잖아. 내 추리일 뿐이라고."

도로 의자에 주저앉은 건우가 주먹을 꽉 움켜쥐었다. 그리고 테이블 위에 놓인 필통을 노려보았다.

"아니야, 채아 네 말이 맞는 것 같아. 인기 있는 필통을 가지고 있으면 뭐 해? 책임감이 없는데."

"그럼 이제 내 추리가 맞는지 아닌지 확인해 볼까?"

"어떻게?"

도윤이 궁금한 표정으로 나를 보았다. 나는 도윤에게 한 손을 내밀었다. 무슨 뜻인지 모르겠다는 듯 눈을 끔뻑이던 도윤이 뒤늦게 "아!" 하고 스마트폰을 건네주었다. 테이블 위에 놓아둔 필통 사진을 찍어 소민에게 메시지를 보냈다.

채아

안녕. 우리는 초능력 어벤저스야.
네가 잃어버린 필통이 이거 맞아?

오래 기다리지 않아서 메시지가 도착했다.

 소민

응! 어디서 찾았어?
의뢰하고도 찾을 거란 생각은
못 했는데, 진짜 대단하다!
어디에 있어? 내가 지금 찾으러 갈게.

건우가 도끼눈을 뜨며 쏘아붙였다.

"흥, 백구보다 필통이 중요하단 거지?"

잠시 생각에 잠겼던 나는 다시 손가락을 움직였다.

채아

그전에 하나 물어볼 게 있어.

소민

뭐?

채아

혹시 백구라는 이름을 가진 진돗개를 알아?

바로바로 답장하던 소민의 메시지가 늦어졌다. 내가
보낸 메시지를 읽은 건 확실한데, 답장이 오지 않았다.

"왜 답장을 안 보내는 거지?"

도윤의 말에 건우가 "찔리는 게 있어서겠지."라고 대
답했다. 그러다 힐끔 백구의 눈치를 살폈다. 그때, 메시
지가 도착했다는 표시가 떴다. 우리는 누가 먼저랄 것

도 없이 고개를 쭉 빼고 소민이 보낸 메시지를 읽었다.

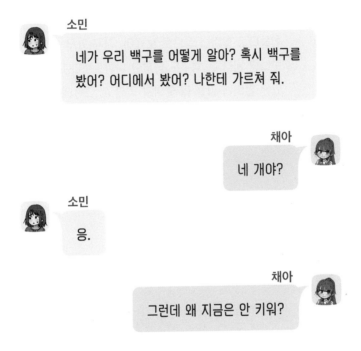

소민
네가 우리 백구를 어떻게 알아? 혹시 백구를 봤어? 어디에서 봤어? 나한테 가르쳐 줘.

채아
네 개야?

소민
응.

채아
그런데 왜 지금은 안 키워?

꿀꺽. 도윤이 마른침을 삼키는 소리가 천둥 치는 것처럼 크게 들렸다. 사실 내 마음도 도윤과 크게 다르지 않았다. 나는 화면에서 눈을 떼지 않은 채 조용히 숨을 죽였다. 마침내 소민의 답장이 도착했다.

소민

마당에서 키우던 개인데, 우리가 아파트로
이사했거든. 아빠가 아파트에서는 개를 키우기
힘들다고 할머니 집으로 보냈어. 가끔 가서
만나면 된다고. 백구도 답답한 아파트보다 마당
있는 할머니 집을 더 좋아할 거라고. 그런데 며칠
전에 할머니한테 연락이 왔어.

채아

뭐라고?

 소민

백구가 집을 나갔대. 동네를 다 뒤졌는데
못 찾았다고 하셨어.

"네 말이 맞았어. 소민이가 이사 가면서 백구를 버리
고 간 거야."

건우가 싸늘하게 중얼거렸다. 우물쭈물하던 도윤이
"하지만……." 하며 입을 열었다.

"할머니 집에 보낸 거면 버린 건 아니잖아."

"키우던 개를 다른 사람에게 맡겼으면 버린 거나 마찬가지지! 백구 입장에서 생각해 봐. 갑자기 낯선 집에서 낯선 사람이랑 사는데, 행복할 리가 있겠어? 아파트가 답답하다는 건 인간의 핑계일 뿐이야!"

화를 참지 못한 건우는 스마트폰이 소민이라도 되는 것처럼 날카롭게 노려보았다.

"어쩌면."

내 말에 건우와 도윤이 동시에 고개를 들었다.

"소민이는 백구를 할머니 집에 보내고 싶지 않았는지도 몰라."

"그걸 네가 어떻게 알아?"

건우가 그럴 리 없다는 듯 반박했다. 백구는 내 발등에 턱을 올린 채 눈을 감고 있었다. 잠자는 건 아니었다. 차가 지나갈 때마다 귀를 쫑긋쫑긋했으니까.

"전에 하린이를 미행할 때, 소민이가 뭘 찾는 것처럼 두리번거리던 거 기억나?"

"응."

"소민이가 이사하기 전에 살던 집이 그 근처야. 아마 소민이는 백구가 사라졌다는 소식을 듣고 백구가 예전에 살던 집으로 왔을까 봐 그리로 갔던 게 아닐까?"

그때, 새로운 메시지가 도착했다.

 소민

전에 살던 집으로도 가 봤지만, 찾을 수 없었어.
어디에 있는지 알고 있다면 말해 줘. 부탁이야.

내 말이 맞았다. 건우가 한풀 꺾인 기세로 "그렇다고
해서 백구를 버린 게 없던 일이 되지는 않아." 하고 중얼
거렸다.

찰칵.

백구의 사진을 찍은 내가 다시 메시지를 보냈다.

채아

얘야?

 소민

맞아. 우리 백구랑 같이 있어? 지금 어디야?
내가 당장 데리러 갈게.

채아

그랬다간 너희 부모님이 다시 할머니
집으로 보내는 거 아냐?

소민

아니야. 백구가 없어졌다는 말에 부모님도
백구를 찾으러 할머니 동네에 가셨어. 여기서
그렇게 안 멀거든. 유기견 보호소까지 갔지만,
찾을 수가 없었어. 나랑 동생이 우니까
백구를 찾으면 아파트에서 키우자고 하셨어.

"흠."

눈을 감고 팔짱을 낀 채 생각에 잠겼던 건우가 마지못
해 고개를 끄덕였다.

"소민이 말이 사실이라면 데려다주는 게 좋겠어. 백
구도 그걸 원할 테니까."

나와 도윤이 고개를 끄덕였다.

"동의해."

"응, 나도. 그런데 우리 정체를 안 들키고, 어떻게 백
구와 필통을 돌려주지?"

도윤이 걱정스러운 말투로 덧붙였다. 내가 자리에서
벌떡 일어났다.

"좋은 생각이 있어! 잠깐만."

나는 편의점으로 들어갔다. 얼른 강아지 목줄과 작은
종이 가방 하나를 사고는 밖으로 나왔다. 우리는 백구
에게 목줄을 걸어 반대쪽 끝을 테이블 다리에 묶었다.
그리고 필통을 넣은 종이 가방을 백구의 목에 걸어 두
었다.

찰칵.

도윤이 사진을 찍어 메시지를 보냈다.

도윤

학교 앞 편의점이야.

"가자."

우리는 편의점에서 조금 떨어진 골목에 숨었다. "컹
컹." 백구가 우리를 보며 짖었다. 나는 백구에게 조용히
하라며 손가락을 입술 위로 가져갔다.

"쉿!"

오래 기다리지 않아, 소민이 나타났다. 뛰어왔는지 얼굴은 땀범벅이 되어 있었고, 숨을 헐떡였다.

"백구야!"

"왕왕!"

소민을 발견한 백구가 신이 난 표정으로 꼬리를 흔들었다. 우리를 볼 때보다 꼬리가 더 빠르게 움직였다. 소민이 백구의 목을 끌어안고 울음을 터뜨렸다.

"으앙, 어디 갔었어? 한참 찾았잖아. 꼴이 이게 뭐야. 백구가 아니라 흑구가 됐어. 흐어엉."

"왕왕!"

우리는 그 모습을 지켜보며 아무 말도 하지 못했다. 한참 만에야 건우가 "정말 백구를 찾고 싶기는 했나봐." 하고 중얼거렸다.

손등으로 눈가를 쓱쓱 닦은 소민이 그제야 백구 목에 걸린 종이 가방을 발견했다. 가방을 열어 본 소민이 환하게 웃었다. 소민은 테이블 다리에 묶여 있는 목줄을 풀고, 그 끝을 꽉 잡았다. 다시는 놓치지 않겠다고 다짐하는 것처럼.

"가자. 하민이도 널 기다리고 있어."

소민이 새로 생긴 아파트를 향해 걸음을 옮겼다. 소민을 따라가던 백구가 힐끗 뒤돌아보았다. 꼬리가 마구 흔들렸다. 골목 밖으로 고개를 빼꼼 내민 우리도 살랑살랑 손을 흔들었다.

"왕왕!"

"응? 왜 그래? 뒤에 누가 있어?"

소민이 의아한 표정으로 뒤돌아보았다. 우리는 후다닥 벽 뒤에 몸을 숨겼다. 잠시 후, 건우가 골목 밖으로 슬쩍 고개를 내밀었다.

"갔어."

그제야 우리는 골목 밖으로 나왔다. "하아." 누가 먼저랄 것도 없이 모두 안도의 한숨을 터뜨렸다. 깍지 낀 손을 뒤통수에 가져다 댄 건우가 후련한 표정을 지었다.

"어쨌든 우리 초능력 어벤저스의 첫 번째 사건 의뢰를 성공적으로 해결했네."

"응."

도윤이 뿌듯한 표정으로 고개를 끄덕였다. 무심코 시계를 보던 내가 "으아아악!" 하고 비명을 질렀다.

"왜?"

"무슨 일이야?"

건우와 도윤이 깜짝 놀란 표정으로 나를 돌아봤다. 하지만 지금은 그게 중요한 게 아니었다. 나는 큰길로 뛰어가며 대충 손을 흔들었다.

"학원 늦었어! 먼저 갈게, 안녕. 내일 봐!"

"난 또."

등 뒤에서 건우가 중얼거리는 게 들렸다. 그러나 나는 또다시 "으아악!" 하는 비명을 지르느라 건우에게 신경 쓸 겨를이 없었다.

"학원 숙제 하는 거 깜빡했다!"

7. 첫 사건 해결

"뭉치야, 안녕?"

내 인사에 뭉치가 꼬리를 흔들며 울타리 앞으로 다가
왔다.

"이제 나랑 말해도 돼?"

그동안은 사건을 해결하느라 뭉치와의 대화를 피했
다. 결정적인 순간에 사용하기 위해 초능력을 아껴 둘
필요가 있었기 때문이다. 그때마다 시무룩한 표정을 짓
던 뭉치가 털을 휘날리며 한달음에 달려왔다.

"건우랑 도윤이가 이번 일요일에 같이 공원에서 놀자
고 했어."

"우아, 신난다! 공놀이하자!"

뭉치의 꼬리가 프로펠러처럼 휙휙 커다란 원을 그렸다. 나는 뭉치에게 손을 흔들고 학교로 향했다.

"갔다 올게."

"잘 다녀와!"

가까워지는 여름 방학만큼 햇볕은 점점 뜨거워졌다. 나는 길게 이어진 담장 그늘을 따라 걸음을 옮겼다. 저만치 학교가 보이기 시작할 때였다.

"안녕?"

도윤이 후다닥 뛰어왔다. 그리고 쑥스러운 표정으로 먼저 인사했다. 그 뒤로 설렁설렁 걸어오는 건우가 보였다. "흐아암." 대충 손을 흔든 건우가 하품했다. 머리가 까치집인 걸 보니 늦잠을 잤나 보다.

"안녕, 도윤아. 안녕, 건우야."

"어젯밤에 소민이 백구를 어디서 찾았느냐고 묻기에 우리 학교에 있던 유기견이 실은 백구였다고 말해 줬거든. 그랬더니 이런 메시지가 왔어."

도윤은 나를 보자마자 스마트폰부터 내밀었다. 나는 걸으면서 소민이 보낸 메시지를 읽었다.

소민

전에 비가 올 때 엄마가 백구를 데리고 몇 번
학교에 온 적이 있거든. 그때 기억이 나서 학교로
갔나 봐. 그리고 비워진 교실에 열린 창문으로
우연히 들어왔다가 내 냄새가 나는 필통을
가져갔고 말이야. 나는 그것도 모르고 친구들을
오해했어. 오늘부터 필통은 학교에 안 가지고
가려고. 대신 친구들에게 사과할 거야. 사건을
해결해 줘서 고마워, 초능력 어벤저스. 백구도
고맙대.

"사건 해결이야!"

건우가 의기양양한 표정으로 외쳤다. 나는 씩 웃으며,
도윤에게 스마트폰을 건네주었다.

우리는 2퍼센트 부족한 초능력자다. 나는 동물과 대
화할 수 있지만 하루에 네 번이 전부고, 건우는 자동차
보다 빠르게 달릴 수 있지만 120미터가 한계다. 도윤은
일 분 뒤의 미래를 볼 수 있지만 하루에 최대 두 번, 자
신의 의지와 상관없이 찾아온다.

그래도 우리는 소민이 잃어버린 필통을 찾아 줬고, 백

구를 주인의 품으로 돌려보냈다. 2퍼센트 부족한 초능력이지만 한 사람과 강아지 한 마리를 행복하게 했다. 어쩌면 정말로 세상을 구할 수 있을지도 모르겠다.

기다렸다는 듯, 건우가 한 손을 쭉 내밀었다.

"초!"

"능!"

도윤이 건우의 손등 위에 자신의 손을 얹었다. 나는 주위를 둘러보았다. 등교하는 아이들이 우리를 힐끗거리며 지나갔다. 부끄러웠다.

"오채아, 빨리."

건우의 성화에 하는 수 없이 나도 손을 내밀었다.

"력."

"어벤저스!"

구호를 외친 뒤에야 건우는 만족스러운 표정으로 다시 걸음을 내디뎠다. 교문이 코앞으로 다가왔을 즈음, 띠링 하는 소리가 들렸다. 메시지가 도착하는 소리였다. 스마트폰을 확인하던 도윤이 "어?" 하며 두 눈을 동그랗게 떴다.

"왜, 무슨 일인데?"

건우가 도윤의 스마트폰을 낚아챘다.

"남의 핸드폰을 허락도 없이 보면 안 되지."

내가 두 손을 허리에 얹고 잔소리했다. 하지만 건우는 내 말을 듣지 못한 듯 "우아!" 하고 소리를 질렀다. 이번에는 내가 "왜, 무슨 일인데?" 하고 물을 차례였다. 나는 건우의 손에 들린 스마트폰을 보려고 고개를 쭉 내밀었다.

건우가 감격스러운 목소리로 말했다.

"우리한테 사건을 의뢰하고 싶대. 새로운 의뢰가 들어왔어!"

"뭐? 정말이야?"

건우가 신난 기색으로 방방 뛰면서 걸어갔다.

"드디어 우리 초능력 어벤저스의 능력을 알아보는 사람이 하나둘 나타나기 시작했어. 우리가 세상을 구할 날도 머지않았다고!"

그 순간이었다.

"거기, 지건우!"

묵직한 목소리가 건우의 뒤통수를 때렸다. 고개를 돌리던 건우가 "히익." 하고 괴상한 비명을 질렀다. 오늘도 박대국 선생님이 교문 앞에 서 있었다. 지나가는 아이들이 "안녕하세요, 선생님." 하며 인사했다.

"그래, 좋은 아침!"

아이들을 향해 빙긋 웃던 선생님이 무시무시한 눈으로 건우를 노려보았다.

"선생님이 걸으면서 스마트폰 하지 말라고 했지? 위험하다고 말이야."

"이건 제 핸드폰이 아니라……."

"이리 와, 지건우."

"으아악! 한 번만 봐주세요, 대굴빡 선생님."

"아니, 이 녀석이 또 대굴빡 선생님이라고 하네. 거기 안 서!"

스마트폰을 손에 든 건우가 꽁지 빠지게 도망갔고, 박대국 선생님이 그 뒤를 쫓았다. 덩그러니 남은 나와 도윤이 가볍게 한숨을 내쉬었다.

"건우는 도대체 언제 철이 드니?"

"내 핸드폰……."

물론 한숨의 이유는 각자 달랐지만 말이다.

"가자."

"으응."

도윤은 힐끗힐끗 뒤를 돌아보면서도 순순히 걸음을 옮겼다. 결국 대굴빡……. 아니, 박대국 선생님에게 붙잡혔는지 건우의 비명이 우리가 서 있는 곳까지 날아왔다. 나와 도윤은 킥킥 웃음을 터뜨리며 교실로 들어갔다. 뜨거운 초여름의 햇살이 내 책상을 따스하게 데우고 있었다.

초능력 어벤저스의 두 번째 이야기가 마무리되었습니다. 여러분은 세 친구의 초능력 중 부러운 능력이 있나요?

　저는 고양이를 키우고 있어서 채아의 능력이 부럽답니다. 동물과 대화를 할 수 있다면, 같이 사는 고양이에게 꼭 물어보고 싶은 게 있어요. 혼날 걸 알면서도 일부러 사고를 치는 건지, 나를 주인이 아니라 하인으로 생각하는지, 언제쯤 철이 들 건지, 그리고 어디 아픈 곳은 없는지, 나랑 사는 게 행복한지 말이에요.

　어쩌면 우리 주위에는 초능력 어벤저스처럼 정체를 숨기고 활동하는 능력자들이 있을지도 모릅니다. 그 친구들은 아주 평범한 모습으로 우리들 사이에 섞여 있겠죠. 혹은 여러분이 그 능력자일지도 모르고요.

　할아버지의 무거운 리어카를 밀어주는 초등학생이나 치매를 앓는 할머니가 잃어버린 지갑을 찾아준 초등학생, 길 잃은 아이의 집을 찾아준 초등학생에 관한 기사를 읽을 때면 초능력자가 멀리 있는 게 아니라는 생각이 듭니다.

　언젠가 여러분과 만나면 한 손을 내밀며 "초능력!"이
라고 외치겠습니다. 그러면 여러분은 "어벤저스!"라고
대답해 주세요. 우리만의 약속입니다.

　　　　　　　　　　　　　　　　　　　부연정

초능력 어벤저스 2

© 부연정·고형주, 2024

초판 1쇄 인쇄일 2024년 11월 8일
초판 1쇄 발행일 2024년 11월 22일

지은이	부연정
그린이	고형주
펴낸이	강병철
편집	장새롬 유지서 정사라 서효원
디자인	박정은
마케팅	최금순 이언영 연병선 송의정
제작	홍동근

펴낸곳	이지북
출판등록	1997년 11월 15일 제105-09-06199호
주소	(04047) 서울시 마포구 양화로6길 49
전화	편집부 (02)324-2347, 경영지원부 (02)325-6047
팩스	편집부 (02)324-2348, 경영지원부 (02)2648-1311
이메일	ezbook@jamobook.com

ISBN 979-11-93914-53-3 74810
        978-89-5707-898-3 (세트)